PONG

Sibylle Lewitscharoff

PONG

Berlin Verlag

Die Verfasserin dankt der Berliner Senatsverwaltung für
Wissenschaft, Forschung und Kultur
für die Förderung ihrer Arbeit an diesem Buch.

2. Auflage 1998

Gesetzt aus der Stempel Garamond
Umschlagillustration Sibylle Lewitscharoff
Umschlagtypographie Nina Rothfos
und Patrick Gabler, Hamburg
Druck & Bindung Franz Spiegel Buch GmbH, Ulm
Printed in Germany 1998
ISBN 3-8270-0285-0

Gedruckt auf chlor- und säurefreiem Papier

Für ML

Warum einem Verrückten die Welt gefällt wie sie ist und manchmal nicht

Einem Verrückten gefällt die Welt wie sie ist, weil er in ihrer Mitte wohnt. Nicht irgendwo in irgendeiner Mitte, sondern in der gefährlich inschüssigen Mittemitte, im Zwing-Ei. Ein unbedacht aus diesem Heikelraum entferntes Haar brächte die Welt ins Wanken und dann auf Schlingerkurs Mond Sonne Milchstraße ade systemwärts e´– e´. Das alles weiß der Verrückte genau und hütet sich, zum Beispiel seinen Arm in eine zu hohe Grußstellung zu heben, damit nicht Unglücke geschehen, Felsbrocken herabstürzen, große Brocken auf kleine, noch größere auf schon stattliche, und die zarten Angeln zerbrechen, in denen die Welt hängt. Ihm, das versteht man ja leicht, sind nur winzige Bewegungen erlaubt, und es schmerzt ihn, wenn man ihn von einem Bett ins andre trägt oder in ein schiefes Zimmer stellt, denn er liebt die Welt wie sie ist, er liebt sie, er liebt sie. Und sonst? Noch irgendwelche Sorgen? Ja. Leider Sorgen die Menge.
Die Sorge, daß ein Knopf abspringt.
Die Sorge, daß man ihn bloß hingekritzelt hat.
Die Sorge, daß seine himmlischen Verbindungen verlorengehen.

Die Sorge, daß man durch seinen Nabel Frost einbläst.
Die Sorge, daß falsche Gemahlinnen ihn bei Gericht verklagen.
Der Mann besteht aber nicht nur aus lauter Sorgen und Vorsicht. Plötzlich bekommt er einen gewaltigen Appetit. Obendrein einen Durst, der ihn befähigt, den Pazifischen Ozean auszusaufen. Wieder was weggemacht, beglückwünscht er sich nach jedem Schluck und Bissen. Bald ist sein Leib geschwollen, weil schon die ganze Welt darin Platz genommen hat und ein vielfäustiges Herrenleben in ihm führt. Fliegt da noch irgendwo ein Mauersegler und stößt einen kleinen Mauerseglerschrei aus, tut der Mann den Mund auf, und damit gut. Warum also sollte er die Welt nicht lieben. Es gibt keinen Grund.
Ihm gefällt aber nicht nur die Welt als Ganzes, sondern auch in ihren Teilen. Teilen, die womöglich schadhaft sind und trotzdem von ihm geliebt werden, ja gerade darum mit einem Herzen, das dringlich an die Innenwand des Leibes klopft, geliebt werden.
Es fängt damit an, daß der Mann erkennt, wie die Welt in allen ihren Einzelheiten, und bevorzugt in ihren kleinsten, eine Botschaft für ihn bereithält. Das Lindenblatt, das vor ihm im Wind glitzert, bekennt seine Mitschuld am Tod des Nibelungen Siegfried und fordert ihn auf, einmal mit dem Finger

über es zu streichen und die kaum mehr zu tragende Schuld fortzuwischen. Er tut es und hat nun einen Tropfen fremder Schuld am Finger hängen. Als ein zu frischen Taten aufgelegter Schmerzensmann verläßt er den Garten.

Er läuft auf der Straße einer stark parfümierten Frau hinterdrein, die ein Kind mitzerrt und häßlich auf es hinunterredet. Heldenhaft macht sich der Mann daran, das ihm ekelhafte Parfüm, dessen verheerende Wirkung auf das Kind er fühlt, einzusaugen, damit ein reiner Luftraum entsteht, in dem das Kind atmen und einen Gedanken in Schönheit denken kann. Es fruchtet natürlich wenig, das ist dem Mann klar, aber eine Scheu, sein Vorhaben möchte falsch ausgelegt werden, hindert ihn, vor der Frau herzulaufen und dort ihr Parfüm wegzuatmen, wo es ja viel wirkungsvoller wäre. Er faßt sogar den Plan, das Kind bei der Hand zu nehmen und ein Stückchen mit ihm zu rennen, läßt es aber sein, weil er ihn abgeschmackt findet, den Wettlauf Gut gegen Böse. Bald darauf macht er sich Vorwürfe, daß es ihm an Mut gefehlt hat.

Derselbe, dem wir sein gutes Herz gleich angemerkt haben, befindet sich wenig später als Sitzperson im Taxi. Was ist mit dieser werten Person? Hat ihre Leibhülle ein Loch bekommen, vielleicht an dafür nicht vorgesehener Stelle? Ihre Hände jedenfalls haben jetzt Zitterfinger, zu nichts gut. Was geht im Kopf des Mannes vor? Warum sind seine Augen so starr? Es ist das Flimmerheer der tausend Zeichen, das seinen Kopf malefiziert, Kurfürstendamm, die breite Einfahrt zur Hölle, Blinkzeichen rechts ein Nebenabzweig zur Hölle, Blinkzeichen links dito, alle Zeichen dito, Fisch im Bikini dito dito, Befehle von überallher, Bleibtreu-Befehl, Uhland-Uhrzeigbefehl, Litzenfehl-Obachtbefehl, Fasanen-Rupfbefehl, zig zig Eisschleckbefehle, Bratbefehle, Ohrverderbbefehle, Lupf-die-Tassen-Befehle, Hosenplatzbefehle, Blutacker, ein schlimmer Haarbürstbefehl, Blutacker, ein Erbrechen von Grün ein Erbrechen von Gelb ein Erbrechen von Rosa, und Zähne und Lichter und wehendes Haar, die tückischen Verschwörer lächeln, und nirgends der felsige Pfad um die Biegung hinauf, und keine Mulde wohinein die Hände und kein Loch wohinein der Kopf und keine Grube dahinein der Leib. Seinen Schamhut stülpt der Verrückte über die ganze arme Person, Salpeterblumen brechen aus seiner kalten Haut, und gewiß wird er bald schreien, doch bevor er dies tut, wenden wir uns ab. Wozu sollte uns kümmern, daß jemandem die Welt nicht gefällt wie sie ist.

Worin der Mann seinen Namen bekommt und zugleich ein wenig Genealogie getrieben wird

Es ist an der Zeit, den Mann mit Namen vorzustellen. Er heißt Pong. Nur Pong. Die, wie man sagt, äußere Erscheinung von Pong? Mittelgroß, nicht alt, nicht jung. Blond! Gewiß ein nicht unschöner Mann. Zumal er Ohren hat, die durch die Spitzen seiner dünnen Haare brechen, Ohren, mit denen er ängstlich auf alles hört. Sein Gesicht ist kein Haufen, auf dem alles wild durcheinanderwächst, es ist ein von hoher Hand geordnetes Experiment, und die Augen darin sind vollkommen. Ins Graue, ins Grüne spielende Augen. Unter ihnen ein Polster aus Drüsenflüssigkeit, aber nicht zart, nicht vom Weinen, nicht von Kummer geschwollen, sondern eher hart wie Schwielen.

Ist etwas an dem Mann, was das Ballhafte oder Fausthafte im Namen Pong rechtfertigt? Auf den ersten Blick nicht. Wenn man aber die Sprungbereitschaft des ganzen Körpers nimmt – nie kommt es allerdings zum Sprung –, dann ja. Pong könnte sich, wenn er den Ehrgeiz dazu hätte, wie ein Vollgummiball durch die Straßen bewegen, vielleicht nicht ganz bis zum Fenster des zweiten Stocks hochschnellen, aber bei den Leuten im ersten Stock blitzartig im Fenster erscheinen, das schon. Was er aus Rücksicht auf seine Umgebung nie tut. Die herrlichen Federn in seinen Gelenken ließen es aber zu.

Wem verdankt er diese Befähigung, die ihn so leicht berühmt und zu einem Liebling der Frauen hätte werden lassen können? Es heißt, der Mutter. Von dieser Mutter, noch weniger vom Vater, ganz gewiß nicht von irgendwelchen Geschwistern, die ihm gern angedichtet werden, möchte er etwas wissen, noch mit Vergleichen zwischen ihm und den Eigenschaften dieser sogenannten Familie belästigt werden. Er steht hier vor einer unlösbaren Aufgabe, denn das Abschütteln der Verwandten verlangt Kraft, Spitzfindigkeit, verlangt, daß man die Beine setzt wie eine Gemse, aber auch, daß im rechten Moment nach der Peitsche gegriffen und nicht etwa davor zurückgeschreckt wird, die Rücken der Verwandten damit zu bestreichen. Erlahmen die Kräfte auch nur für einen Augenblick, ist man einmal zerstreut, kleben sich die Verwandten unbemerkt wieder an einen an und spielen sich als unentbehrliche Lebensbegleiter auf.

Will er zum Beispiel paar Schritte tun, tritt er gutgelaunt, ausgerüstet mit Regenhaut, Stock und Hut, vor die Schwelle seines Hauses, wird jeder weitere Schritt von einem Baum vereitelt, der sich ihm in den Weg stellt. Nicht schwer zu erraten, welcher Baum ihm diesen Tort antut. Es ist der vermaledeite Stammbaum, auf den sich die Verwandten geflüchtet haben, um ihn von hoch oben, wo sie anscheinend sicher in ihren selbstgebastelten Nestkörben hocken, auszuzanken. Natürlich wehrt er sich, hat aber nur eine Nagelschere zur Verfügung, mit der schneidet er Rindenstücke weg und vertieft die Ritze, die er dem Baum bei ihrer letzten Begegnung beigebracht hat. Während er unten mit unzulänglichem Werkzeug herumkratzt, treibt die Mutter im Wipfel ihr Unwesen und lacht.

Er übertreibt freilich, wenn er behauptet, daß ihm das Verwandten-Abschütteln so schwer falle. Im Grunde ist es ja im Gegenteil sehr leicht. Wenn man das Problem von Adam her durchdenkt, ergibt sich ein anderes Bild. Unter dem titanisch dicken, titanisch langen Arm des Erzvaters drängeln sich Millionen von immer kleiner immer dünner immer blasser werdenden Menschen, der Ausläufer des Arms ist ein schlanker, an seiner Spitze nurmehr fadendünner Zeigefinger, und das Ende dieses Fadens ist provisorisch mit einer Eiderdaune und etwas Hühnerdung auf dem Kopf von Pong festgeklebt, eine ruckhafte Bewegung mit diesem Kopf, und er ist den alten Adam mitsamt den Adamskindern und Adamskindeskindern los. Dann möchte er das Lachen der Mutter hören! Dann möchte er erleben, ob sie noch den Mut hat, ihm fünf Geschwister anzuhängen! Er kommt sich mit einem Mal gewitzt vor, ist gleichsam ein Senffaß voll mit überscharfem Senf, den sich mit Rücksicht auf den

eigenen Anus keiner mehr so leicht auf die Wurst schmiert.
Der Stammbaum wird in Zukunft einfach umgangen und links stehengelassen, die Gespensterverwandten werden nicht mehr mit Gedanken dickgefüttert, ihnen wird keine Gelegenheit mehr gegeben, durch Kalkül und Kommentar auf ihn einzuwirken. Aus dem Morgendämmer will er eine Genealogie heben, in der er sich herleitet; man soll dieses Wunder an Selbstverzweigung nur aufmerksam studieren und daraus seine Lehren ziehen.
Zuerst wird er die falsche Ahnenliste zerstören, die überall in den Rathäusern ausliegt, in denen seine gesammelten Scheinverwandten auf ihre Existenz pochen, ansonsten aber ein Bummelleben führen. Stempel, Papier, Unterschriften, alles gefälscht. Die Akten schmutzig vom Schweiß der Betrüger. Er frißt einen Besen, wenn auch nur die kleinste Angabe der Wahrheit entspricht. Rein sei Pong, rein was er denkt, rein was er berührt. Eine erste Ahnung dieser Reinheit teilt sich seinen Fingerspitzen mit, die in prickelnder Selbstgärung beginnen, sich von all dem angehäuften Schmutz zu befreien. Alles lenkt sich ins Weite, rafft sich zu einem Hoffen Möchten Können auf, von dem er bisher nichts geahnt hat. Er wird jetzt eine Brücke zu Gott schlagen, was sich im Sturzgold früher Sonnenstrahlen jauchzend bestätigt. Wolken mit schräggekämmtem Haarflor, hinter denen ER sich verbirgt und auf sei-

nen Scheitel schaut, sind in den Himmel gehängt. Schnüre langen von ihm bis dahin. Seine Trostbändel! Aus himmelseingeborenem Stoff, helle flüssige schlenkerige Fragen hinauf-, klare kurze wohlgeletterte Response hinabschreibend. Eine Schule des Glücks und kein Gesudel.

Zunächst die Frage, wie kam Pong in die Welt. Eine so bedeutende Singularperson, wie sie ja Pong unzweifelhaft ist, kommt nicht durch gewöhnliche Vermehrung in die Welt, sondern auf dem Wege der Vermehrung durch Entzweireißen. Für die Hervorbringung von Pong wurde eine andere, nicht besonders bedeutende Person, bedeutend allerdings im Hinblick auf Pong, zerrissen. Diese Ursprungsperson mag gut und freundlich oder windig und launisch gewesen sein, es interessiert nicht. Was aber interessiert, ist, daß diese im Grunde eher gewöhnliche Person den Entschluß faßte, einmal, und sei es nur für eine Sekunde, ganz der Wahrheit zu leben. In diesem unerhörten Moment legte sich aller Radau. Aus der bisherigen Person, nennen wir sie ruhig Hanna Faiß, wurde alles Unnütze, nicht auf die Wahrheit, nicht auf Pong hinarbeitende, mittels Ausblasen vertrieben. Eine Stille, die allen Geschöpfen die Ohren lang machte, setzte sich wie leuchtender Rahm auf die Welt, und es begab sich der Große Ratsch.

Pong war da. Schon groß. Mit allen Zähnen, allem Haar. Konnte laufen, konnte sprechen. War gescheit! Ob ein Mensch durch normale Geburt oder durch den Großen Ratsch in die Welt kommt, erkennt man an seiner Oberfläche. Der Normalbürtige hat die erst glatte, später faltige Schlüpfhaut der Blutgeburt. Pong aber hat die Spezialhaut des Ratschbürtigen, eine dünne, durchlässige Haut, die über andere Methoden der Abstoßung und Aufnahme verfügt als die Normalhaut. Mit der Luft geht zum Beispiel ganz leicht die Wahrheit durch sie hindurch, während Lügen ihr Filtersystem nicht passieren können. Im Kampf mit der Lüge wird die Haut aber sehr beansprucht. Daraus folgt, Pong lebt in einer Spezialhülle und muß aus Gefährlichkeitsgründen den Abschluß gegen die übrigen Menschen suchen. Und er hat seine Methoden, um sich die Menschen vom Leib zu halten.

Was aber folgt daraus in puncto Ahnen? Es folgt daraus, daß es Ahnen im üblichen Sinn gar nicht gibt. Was gemeinhin als Ahnen bezeichnet wird, ist im Gegenteil dazu verurteilt, durch hypnotisches Hinstarren auf Pong die unbequemste Lage in seinem Grab anzunehmen. Je nach dem, wohin Pong sich bewegt, ist dieses arme Gesterbs gezwungen, sich herumzuwerfen, herumzudrehen, damit seine Augenhöhlen noch einen letzten Schimmer von Pong auffangen. Das Gesindel labt sich an Pong, obwohl nicht zu ermitteln ist, worin diese Labsal genau besteht. Vielleicht weil Pong so brandjung ist, daß seine verhohlenen Strahlen selbst

Aschen- und Knochenwesen in ihrer Schüchternheit erglimmen lassen. Das kann aber nicht bewiesen werden und wird vermutlich immer ein Geheimnis bleiben. Eines ist sicher: diese Art Ahnen zählt nicht, weil Pong an ihnen nichts hat, sie aber viel an ihm. Eine sehr einseitige Bedürftigkeit.

Anders liegt der Fall bei den übrigen Spezialpersonen des Großen Ratsch; über die gesamte Menschheit verstreut sind es noch nicht mal hundert. Ein Großer-Ratsch-Mensch geht nicht aus einem anderen Großen-Ratsch-Menschen hervor, sehr wohl kann man aber von einer Brüdergemeinde im Geiste sprechen. Zur Erläuterung sollen hier paar Brüder aufgezählt werden, von denen er mitunter Rat und Aufheiterung empfängt:

Da gibt es Wezel Commerius, die Phönixschwinge. 1612 in die Welt getreten zu Rotterdam. Ein kraftvoll in allen Sehnen und Muskeln modellierter Mann. In seinen Augen das Lackschwarz von Käferrücken. Ein großartiger Schlittschuhläufer, dessen Geist auch in versetzten Zügen über die Welt hinfuhr, manchmal in eine übermütige Kurve umbrechend. Von dessen Kraft ist etwas in seine Beine geflossen, wofür er Wezel Commerius dankt.

Ferner Reinhold Ephraim Anz. Verweltlichung 1709 zu Carlsta. Unbescholtenes Leben. Neun Eheanträge weggeschüttet, wie man saure Suppe wegschüttet. Dafür reger Elektrisier-Austausch mit Katzen. Von Anz zu Pong ist ein Funke übergesprungen, der bewirkt, daß ihn der Alltag nie zuschäumt, daß ihm Einblicke gestattet sind wie keinem Menschen sonst, daß er dünnen Boden gefahrlos überschleicht und Fühlung mit der Welt durch ein gedachtes Schnurrhaar aufnimmt.

Sodann Ägipp, römischer Wagenlenker zur Zeit des Seneca. Von ihm hat er gelernt, wie die fortstürmende Brust gelenkt werden muß, damit der Karren mit seinen Gebeinen nicht am nächsten Prellstein zerschellt.

Dann der Große Windelband, Potsdam 1802. Lockere dehnbare Ansichten von der Welt. Dinge, die zu dünn sind oder zu spitz, alles Widrige, Störende umwickelt und aus dem Blickfeld geschoben. Hatte nie einen Schlüssel in der Tasche. Türen in gut geölter Aufhängung erhalten, sie immer nur angelehnt und bei Bedarf mit zauberischen Fingerspitzen aufgeschubst. Windelband und das Weib? Viele angetupft, in Häfen aber nie eingelaufen. So auch Pong.

Schön und gut, melden sich da von irgendwoher Zungen, die mit etwas Leimigem beschmiert sind, wir wollen aber wissen, ob diese Herren gestorben sind wie alle anderen. Ob sie verdarben. Oder wurde Todesverschonung über sie verfügt? Oder hat man sie in jemand anderen zurückversenkt? Zugenäht und fertig?

Er mag diese Frage nicht. Er wird sie nicht beantworten. Bitte eine andere Frage.

Gehören dieser sonderbaren Bruderschaft nur Männer an?
Ja.
Aber zu ihrer Hervorbringung sind auch Frauen nötig?
Ja.
Geschieht es auf herkömmlichen Liebeswegen?
Er kann es nicht verneinen, will es aber auch nicht lauthals bejahen. Frauen sind so wenig wirkliche Geschöpfe, daß selbst ein Mann wie Pong, der sich darauf versteht, die Geheimnisse der Welt zu ergründen, kaum je dahinterkommt, woraus sie gemacht sind. Am ehesten ist noch auf die Methode Verlaß, den Wert der Frau in Mark und Pfennig zu bestimmen. Da gibt es die Zweitausenddreihundertvierundzwanzig-Mark-Frau, der er schon mehr als einmal begegnet ist, sogar die Dreihunderttausendundeine-Mark-Frau, von der er annimmt, daß es sie gibt, ohne ihr je begegnet zu sein, am unteren Ende der Skala die Zwanzig-Pfennig-Frau, wie sie sich zuhauf in den Straßen herumtreibt. Die Eine-Million-Mark-Frau gibt es nach Auffassung Pongs nicht, selbst Maria, Mutter Gottes, war allerhöchstens eine Neunhundertneunundneunzigtausendneunhundertneunundneunzig-Mark-Frau, und das nur, wenn man über gewisse Fehler, die im Johannes-Evangelium mehr angedeutet als ausgesprochen werden, großzügig hinwegsieht.
Leider gibt man keine Ruhe, löchert ihn mit Fragen

nach dieser und jener Person, will wissen, ob die Aussicht gleich null sei, je eine passende zu finden. Obwohl er versichert, daß er jetzt nicht den Kopf dafür hat – draußen rauschen die Bäume, und er möchte über ganz andere Sachen nachdenken –, wird man nicht müde, ihn mit Sätzen zu quälen, die längst widerlegt sind. Schade, sagen die Zungen, auch in einer Frau von bescheidenem Wert können gewisse Talente schlummern, will er das etwa leugnen? So eine Frau fliegt an den freien Arm des Mannes und geht mit ihm durch dick und dünn. Sie verscheucht seine Sorgen – die Knopfsorge, die Nabelsorge und all die anderen Sorgen, die mit seinen Pflichten in Verbindung stehen.

Er kennt seine Pflichten. Man braucht sie ihm nicht vorzusagen. Er betet sie täglich wieder und wieder her.

Die Pflicht, seine Beine zu bewegen –

Gilt momentan nicht, weil er im Schlafanzug steckt.

Die Pflicht, zwischen dem Ein- und Ausatmen zwei Sekunden der Ruhe verstreichen zu lassen –

Dazu braucht er keine Frau. Geatmet werden muß allein.

Die Pflicht, ein an der Jacke haftendes Haar zu entfernen –

Er gibt zu: Unter vorsichtiger Anleitung vielleicht eine Frauenaufgabe.

Die Pflicht, seine Zahnbürste mit dem Kopf nach unten über's Wasserglas zu legen –

Mag sein, daß eine Frau auch das beherrscht. Aber wenn es an die Schuhe geht, weiß die Kandidatin noch lange nicht, wie und wo die Doppelschleifen sitzen müssen.
Die Pflicht, seine Börse verschlossen zu halten – Die läßt er sich nicht nehmen und beantwortet sie mit der Pflicht, sich zur Not eine Frau zu ersparen.

Das Geldwunder

Es ist Nacht und der Mond lächelt sein feines Silberlächeln. Pong steht im dunklen Zimmer und lauscht, wie eine Stimme drei Zentimeter über seinem Kopf ihm pompös von gewissen Vernunftentscheidungen spricht, die seine Kontonummer ohne Angabe von Gründen, aber mit einem dringenden Balken untermalt, auf allen ersten Seiten aller deutschsprachigen Zeitungen haben erscheinen lassen. Wenn er es nicht glaubt, soll er doch einmal horchen, ob er nicht die vielen Kontobewegungen, alles Habenbewegungen, hört, die in diesem Augenblick von überallher auf sein Konto zu gemacht werden. Versteht sich, so eine Botschaft

liegt warm in jedermanns Ohr. Pong möchte aber lieber noch paar Tage warten, bevor er sich auf seiner Bank zeigt, und er stellt sich vor, wie das kleine Heer der Bankangestellten den Kopf hebt, wenn die Glastür in seinem Rücken zuschwingt, wie ein allgemeines Tuscheln anhebt, wenn der Filialleiter von seinem erhöhten Platz aufsteht und ihn, der noch vor kurzem ein zwar ehrbarer, aber aus Banksicht völlig unbedeutender Kunde war, mit innigem Händedruck empfängt. Damit er unter den strahlenden Augen der Öffentlichkeit keinen Schaden nimmt, wird er in ein Nebengelaß gebeten. Wenn jetzt wegen des jüngsten Kontotumults Entscheidungen getroffen werden müssen, will der Herr Filialleiter gern seinen Sachverstand walten lassen. Ob denn schon gewisse Vorstellungen existierten oder ob noch mehr ins Blaue hinein gedacht werde?
Er will ein lieber ruhiger Mann werden. Lieb und ruhig, huijuijuijui, sein altes Froschkonzert. Besser, er kommt mit dem Boden möglichst wenig in Berührung, unter seinen Sohlen möchten bitte in Zukunft, wohin er auch geht, blaue grüne rote Banknoten rascheln, das wäre sein Herzenswunsch. Ein Anzug muß her, mit Scheinen gefüttert, auch die Außentaschen gestopft voll mit Scheinen, lauter Bündel, die sich an der Luft wie Blütenblätter entfalten. Kaum zu glauben, wie schnell damit Schauspielerinnen angelockt werden. Und wie sie sich, selbst wenn ihr Aufbewahrungsort schon der Sarg

ist, verjüngen und die Glieder strecken. Marilyn Monroe und Rita Hayworth wollen ihm gleich ans Leder und mit dem Kußunterricht beginnen, schwere Brocken das, für einen kräftigeren Mann gemacht, als er einer ist. Olivia De Havilland schaut bekümmert drein, weil er so wenig gegessen hat. Eva Marie Saint legt den Handrücken an seine Wange, sagt mit tonloser Stimme: »Meet me in heaven« und verschwindet. Auch von hinten macht man sich an ihm zu schaffen – Joan Fontaine? Veronica Lake? Lilienweiße Arme umschlingen seinen Hals, eine Liebkosung mit wachsendem Druck.

»Wer da?« ruft er barsch und macht sich los. Die, die ihn liebt, soll erst einmal zeigen, was sie kann, zum Beispiel mit dem Rhönrad den Tauentzien entlangrollen! Es wundert ihn selbst, daß die Frauen seinem Befehl sofort nachkommen. Eine Prozession von Rhönradturnerinnen rollt auf ihn zu, kopfunter kopfüber haben sie ihn gleich überrollt. Gottlob behält Pong die Nerven. »Halt«, sagt er ruhig, »bis hierher und keinen Millimeter weiter.«

Es hat natürlich alles mit dem Geld zu tun. Lange Zeit war ihm das Geld mißtrauisch begegnet, jetzt hat er es zum Freund, und der neue Freund legt einen seltsamen Eifer an den Tag, besorgt ihm Massen von Frauen, nach denen er nicht gerufen hat. Schon gut, er anerkennt die Dienste seines Freundes und will kein Spaßverderber sein. Er wird ein Jährchen den Nabob spielen, tun, was man von ihm verlangt, einen teuren Ring kaufen, auf den das Volk heiße Küsse drücken muß. Seine erste Anschaffung gleich morgen in der Früh wird allerdings bescheiden ausfallen: ein rutschfestes Gitter, paar Zentimeter knapper als der Läufer, auf den er so oft hereingefallen ist.

Aber aufgepaßt, daß es ihn draußen nicht gleich erwischt. Die Bank sieht in ihm den dicken Fisch und hat ihn schon an der Angel. Ohne genauen Plan, was mit dem Haufen Geld geschehen soll, von dem ja augenblicks noch nicht abzusehen ist, wieviel es einmal sein wird, kann er sich unmöglich in seine Filiale begeben. Er würde sich unweigerlich lächerlich machen, lächerlich bis auf die Knochen. Mittels heimlicher Zeichen, Reiben der Revers, Befingern der Knopflöcher etc. etc. würden sich die Bankleute darüber verständigen, was für ein ausgemachter Dummkopf er ist. Er muß erst lernen, eine große Summe weltmännisch zu behandeln. Muß lernen, wie man von ihr lässig, aber nicht wegwerfend spricht, wie man durchblicken läßt, daß auch die kleinste Untersumme, selbst der Pfennig, noch mit sportlichem Interesse verfolgt wird.

Ein schwieriges Stück Arbeit liegt vor ihm. Dem Ernst der Situation angemessen, begibt sich Pong an den Schreibtisch, knipst die Lampe hell, zieht einen Bogen aus der Schublade und setzt den Bleistift zu einer Rechnung an. Kaum hat der Stift Kontakt mit dem Papier, drängt es ihn, sein Geld zu verschenken.

Den fünf Geschwistern, die von sich behaupten, seine Geschwister zu sein, ohne daß er ihnen je geglaubt hätte, will er jeweils eine Million schenken und dafür ihre gerührten Blicke in seinem Rücken spüren. An doppelter Elternstatt soll die Mutter zwei Millionen bekommen. Nun folgt die Liste der Freunde, die er glaubt, mit Siebenhunderttausend pro Person zufriedenstellen zu können, was nicht einfach ist, weil das Rechnen mit einer Sieben ihm schon immer viel zu denken gab. Seine Liste führt neun Männernamen auf. Dann ein Strich und mit Fragezeichen dahinter *Evmarie S.* Damit will er es zunächst einmal gut sein lassen. Weil aber sein Konto, während er noch rechnet, schwillt und schwillt, kommen ihm Siebenhunderttausend je Haupt schäbig vor. Pong ist noch nicht damit fertig, die Liste mit einer Zwölf neu durchzurechnen, da drängt sich der Gemeinnutz mit breiter Brust vor seine Freunde und macht sie mit einem Schlag zu Geschenkwaisen. Besorgt fragt er sich, ob der Gemeinnutz nicht das Allerallerwichtigste sei. Pong möchte diese brennende Frage aber nicht entscheiden, bevor er darüber nachgedacht hat, ob er die Freunde überhaupt beschenken kann, ohne daß ein Schatten seiner Urheberschaft immer hinter ihnen hergleitet.

Bis auf weiteres ist der Gemeinnutz zurückgescheucht. Er überprüft Mittel und Wege, wie er sich hinterrücks die Kontonummern der Freunde beschafft und dem Filialleiter strikte Anweisung erteilt, die zugedachten Summen unter Wahrung des Inkognitos fortzuleiten. Dabei kommt ihm in den Sinn, wie leicht die Freude seiner Günstlinge durch das Finanzamt gedämpft werden kann, und er vertieft sich in schier unmögliche Verhandlungen mit der delikaten Behörde. Es wird ihn Mühe kosten, einen Beamten zu finden, der sein Vorhaben wohlwollend aufnimmt. Entgegen der üblichen Finanzbeamtenkleidung, steckt dieser Beamte in einem schönen grauen Anzug, und die über Brust und Bauch huschende Krawatte kann man nicht an ihrer Farbe packen. Scherze fallen in sein Ohr wie in ein gemütliches Nest; daß er zu einem Gläschen Kognak nein gesagt hätte, ist noch nicht vorgekommen. Bevor sich das vom vielen Durchblättern der Akten ausgekühlte Gesicht des Finanzbeamten vor ihm entwickelt hat, befiehlt aber der Gemeinnutz: Zurück zum Gemeinnutz!

Arbeit wartet auf ihn, und nicht zu knapp. In Gedanken läuft Pong kreuz und quer durch die Stadt und macht Bedürftige aus, denen er ein geschlossenes Kuvert zukommen läßt. Das Glück überrascht sie am Briefkasten oder beim Sozialamt, wenn sie in einem Raum, der sonst den Angestellten vorbehalten ist, die gute Nachricht erfahren. Bei manchen fühlt sich nach einer Nacht auf dem Bürgersteig die Brusttasche merkwürdig dick an. Obwohl er natürlich nie sicher sein kann, ob jemand

einen Armen bloß schauspielert. Pong braucht verläßliche Armut für seinen Tatendrang, bald weitet er sein Glückbringertum auf Länder aus, denen die unbarmherzige Sonne kein Pardon gewährt, bohrt Brunnen, wäscht grindige Kinderköpfe, scheffelt Saatgut in die Säcke ausgemergelter Frauen.
Da bellt draußen ein streunender Hund. Er muß groß sein, das Gebell dringt aus einer geräumigen Brust. Es fordert ihn auf, seine allzu klein gedachten Gemeinnutzpläne fallen zu lassen. Der Hund, der in einem weiten Bogen herumzulaufen scheint, mahnt an ganz andere Pflichten, und mit diesen Pflichten entstehen naturgemäß neue Pläne. Sich um Menschen überhaupt zu kümmern, wird als typische Irrtumidee erkannt, wie sie der von Irrtümern umlauerte Menschenkopf gern erfindet. Pong löscht die Lampe und hört genau auf das Gebell und was es ihm zu sagen hat. Es erinnert ihn an seine Vaterlandpflichten und gibt kund, wie diese Vaterlandpflichten beschaffen sind.
Um das Vaterland läuft der große Hund und markiert mit seinen Pfoten die Grenze, innerhalb derer die Verfügungen Pongs getroffen, und wenn erfolgt, wirksam werden. Es wundert ihn nicht, daß der Lauf des Hundes mit den Grenzen Deutschlands übereinstimmt. Es ist ihm eine große und schwere Aufgabe überantwortet, die mit dem Geld auf seinem Konto nicht zu lösen ist. Davon soll er lieber die Finger lassen. Geld ist nicht mehr wichtig.

Wichtig ist, daß er sich in seinem Sessel am offenen Fenster bereithält für die Befehle der Nacht.

In der Pflicht, das Land zu entvölkern

Während alle Vaterlandpersonen oder wenigstens die allermeisten jetzt schlafen, ihre Muskeln schlafen und ihr Ehrgeiz schläft, soll er zu ihnen sprechen, und was er spricht, wird in ihre schlafenden Köpfe als Traumbefehl eindringen, dem sie sich nicht entziehen können.
Einen Traumbefehl ausschicken zu müssen, noch dazu einen von solcher Tragweite, das ist eine entsetzliche Bürde. Pong versucht unter Tränen, sich selbst davon zu entbinden. Aber er muß, er muß es tun, muß es allen schlafenden Vaterlandpersonen in die Ohren geben, damit sie sich nach und nach an ein mit Blei gefülltes Ende heranträumen, aus dem ihre Körper, zu schwer sich zu rühren, nicht mehr auffinden. Gewiß keine leichte Aufgabe, allein der Gedanke zieht ihn mit Schwarzgewichten zu Boden. Allen, die jetzt unterwegs

sind, Rastlosen, solchen, die nachts Dienst tun oder schlaflos sich herumwälzen, muß er erst einmal mit scharfer Stimme den Schlaf anbefehlen. Eine in der Nähe heulende Dauerhupe meldet ihm, daß der erste auf das Steuerrad niedergesunkene Fahrer seinem Befehl erlegen ist, bedeutsamerweise bevor er ihn ausgesprochen hat. So wirkungsvoll ist schon alles rund um seine Person. Uns sollte es eine Warnung sein, daß wir uns in achtunggebietende Distanz zu jener verhängnisvollen Grenze zurückziehen und lieber von dort aus schauen, was sich in dem geheimnisvollen Land weiter begibt.
Was zu geschehen hat, kann keiner verhindern, auch Gott kaum und Gottes Helfer schon gar nicht, es sei denn, ER rührte ihnen persönlich die Flügel. Die Not, die da draußen wartet, soll aber mit einer gewissen Anmut hereinlaufen, das wäre Pong lieb. Bevor er seinem Befehl genauen Wortlaut verleiht, sorgt er dafür, daß die Glieder der verurteilten Landesbewohner nicht in unnötigen Verrenkungen auf den Matratzen herumfahren. Seine Stimme, sanft wie ein für die Henkersmahlzeit ausgesuchter Pfirsich, läßt über ihren Wunden zarte Häute sich bilden; sie glättet die in Gier verzerrten Menschengesichter und zaubert einen Ausdruck verwunderter Achtung auf ihnen hervor und spricht, spricht ohne zu wissen, wozu es gut sein könnte, ein kleines Gebet:

HERR, wohin sollen wir gehen.
Lös auf den Harngestank des wüsten Einerlei.
Was Metzger ausarbeiten, arbeit ein.
Die kalten Panzerbauer zerleg,
mach ungeschehen, was geschehen, und fall
der toll gewordenen Luft in die Zügel.

In den Tapfen des Gebets würde er liebend gern noch ein Weilchen fortlaufen, es kommt aber so, daß unbeherrschbare Füße, die ihm ein Teufel untergeschnallt hat, immer lustig mit ihm auf und davon rennen. Der Mond ist inzwischen hinter den Wipfeln der großen Bäume verschwunden und hat einen Kronschatz aus bösen Juwelen ins schwarze Laub praktiziert. Pong springt, zerzupft wie es in ihm aussieht, von einem Apparat zum andern, und was da Knöpfe und Tasten hat, legt los. Wie zu erwarten der Fernseher und darin das senderlose Flimmern, der Radioapparat, eine botschaftslose Kurzwelle, ebenso Fön, Wasserkocher, Starmix, Eierkocher, Staubsauger, Dampfbügeleisen, Rasierapparat, Diaprojektor ohne Dia, das hinter einem Stapel aus Zeitungen und Büchern versteckte Diktaphon, zwar nicht sein schweigsames Telephon, wohl aber Kaffeemaschine und Toaster mitsamt Filter und Pulver und Zwillingsbrotscheiben, und in das rastlose Summen und Tröpfeln und Kochen und Zischen und Dröhnen spricht er seine Befehle, die durch die Maschinenkabel in die Steckdosen und von dort in die Hauskabel und von dort in die dickeren Straßenkabel und von dort in die Bezirkskabel und von dort in alle Landeskabel wandern und wieder hinaus und luftig in die Ohren der Schläfer hinein und luftig in die Ohren der Wachen, um sie schlafen zu machen.

Alle Befehle sind ergangen. Gottlob sind wir in unsere Stellungen eingegraben, genügend weit weg und deshalb nicht in der Not, gehorchen zu müssen.

Erschöpft schaltet Pong die Geräte wieder ab. Die Perfektionsruhe des getanen Werks umgibt ihn wie ein eherner hohler Ring. Er zweifelt nicht, daß alle Landesbewohner unter ihren Schlafmasken erstickt sind. Er wird in aller Ruhe herumgehen und betrachten können, wen er will. Das Bellen des großen Hundes vermeldet, daß es so ist.

Was jetzt? Glück? Macht endlich Glück sich breit und leuchtet wie eine schräg aufgestellte Fläche grellen Schnees? Wenn da nicht – schwer zu sagen von wo – Cellophanstimmen knisterten, der noch zu schluckende Wurm am Faden im Universum aufgehängt wäre, wenn nicht Zuckungen über seine Füße sprängen, die vermuten lassen, daß etwas verschwiegen in ihm siedet, wäre es Glück, ein mit weicher Naht an seine Kurven und Enden genähtes Glück. Wir drücken uns hier mit Absicht zaghaft aus. Wäre, hätte, könnte, das sind keine Wörter für eine unumwundene Auskunft. Und wenn wir den vor Pong liegenden Weg scharf ins Auge nehmen,

steht da eine ganze Hürdenparade mit ›Wenn‹ und ›Aber‹ und ›Hier nicht‹ und ›Da auf keinen Fall weiter‹. Ob nach Überspringen derselben das Glück herrscht, können wir noch nicht absehen und deshalb auch niemandem versprechen.
Pong jedenfalls tut, was vernünftigerweise zuerst getan werden muß, nämlich Leichentoilette bei seinen Freunden halten. Natürlich kann er sich nicht um alle Toten des Landes kümmern, allein beim Versuch, sie zu zählen, müßte er scheitern. Zusammengelegt ergäben die Leiber ein Totengebirge, wie man es selbst Oben nicht alle Tage zu sehen bekommt. Aasvögel, Käfer und die dafür zuständigen Organismen werden mit dem Knochenputzen so bald nicht fertig sein. An den Freunden aber hat er seine Pflicht zu erfüllen. Schon bald will er sich dranmachen, über ihren Rümpfen die steifen Arme zu kreuzen. Mit der Leichenrede wird er sich aber nicht über Gebühr aufhalten. Sie soll von der Gottesfreundschaft handeln, wie unter deren Dach die Freunde ihren Mann gestellt und sogar eine gewisse vorübergehende Beachtung erfahren hatten, von der aber nicht viel blieb außer einem bißchen Aufgekratztsein bei Wind und Blitz. Ob seine Kraft wohl so weit langt, daß er den Spaten nimmt und bis zu zehn Erdlöcher damit aushebt? An in Stein gemeißelte Inschriften ist jedenfalls nicht zu denken, das Steinmetzhandwerk beherrscht er nicht. Wer könnte einspringen? Keiner da. Er wird es wohl mit

Findlingen auf den Gräbern bewenden lassen, doch solange er lebt, darauf soll man ruhig Gift nehmen, bleiben Leichnam und Name und Ort in seinem Gedächtnis mit der Stahlfeder vermerkt.
Beim Aufwälzen der Steine, welches mit Gedankenhebelkraft geschieht, kommt ihm in den Sinn, daß sein Vorzugsleben, wiewohl es sich unter dem blendenden Sonnensegel seines Gedankenkünstlerhirns hoch hinaufbauscht, doch auch von einem Nachteil beschwert ist. Pong läßt den Kopf ein klein wenig hängen, und eine höchstens zweihundert Gramm schwere Melancholie, ein schönes Exemplar von eleganter Schlaffheit mit schwarzseidenen Fransen, Feuchtpartikel im Schlepp, kriecht über sein Hinterhaupt augzu. Deine gehaltvollen Reden, läßt sie ihn wissen, die ja nicht immer warten können, bis man Höhererseits ein Ohr dafür hat, werden kein Erdenfell mehr rühren, wenn sie in Wellen davonwandern, das ist der Nachteil, und dieser augenblicks noch kraftlose Nachteil wird vielleicht bald unabsehbar groß sich auswuchern, wir wissen es nicht, du nicht und ich nicht, und ob das zu wissen überhaupt gut wäre, steht dahin.

Juchhe, es werden Tiere befreit!

Um seinen Kopf wird es wieder heller, da langsam die Vorteile der neuen Lage zum Vorschein kommen. Den größten Vorteil hat gewiß das menschenungetrübte Land, das jetzt nur noch seine unmaßgebliche Person ertragen muß. Und es fackelt nicht lang, dieses Land! Es setzt seine Schleifmesser an, untergräbt, unterspült, erstickt, spaltet, benagt, zermalmt das schauderhafte Menschenwerk, das sich auf seinem Buckel breitgemacht hat. Vergnügt schaut er jungen Birken beim Aufbrechen der Dachhaut des Internationalen Kongreßzentrums zu. Ein betörendes Netzwerk aus aschgrauen, frohlockend laubfroschgrünen und trockenblutfarbenen Moosen schiebt sich über den Kunstflor sogenannter Auslegware. Die starke Quecke, der starke Giersch, das starke Fingerkraut nehmen sich Dach für Dach und Straße für Straße vor.
Die Trauer verfliegt vollends, wenn er an die Tiere denkt, die immer seine Lieblingsgeschöpfe waren, besonders diejenigen mit Haar. In ihren ruhigen Augen will er sich erkennen, über ihre Flanken will er mit der Hand streichen. Sein erster Ausflug weht ihn in den Zoo. Ehrensache, daß er sich dort als Riegellöser betätigt und auch vor Käfigtüren, die eigentlich zwei Mann zum Beiseiteschieben brau-

chen, nicht zurückschreckt. Wie aber gelangen die Zootiere ins Freie? Vollzieht sich alles schön nach der Ordnung oder herrscht da Wirrnis? Nein, man geht geordnet und eher schweigsam fort, auf ausdauernden und weniger ausdauernden Beinen, mit Hilfe von fragwürdigen Flügeln und solchen, die hoch hinauswollen und auch dafür gebaut sind.
Als erster verläßt der rundohrige Löwe den Käfig. Er nimmt sein Königtum zunächst nicht an, erklimmt keinen Felsen, um von dort die Parade der freigelassenen Untertanen abzunehmen. Sein Körper hat etwas Gedrücktes, die Mähne wird in Wirbeln flach geblasen, Hülsen zerknacksen unter seinen Pfoten, in denen Zartheit lebt und auch Verwunderung. Pong hält für wahr, wenn vom Löwen gesagt wird, er verstehe den Sinn der an ihn gerichteten Bitten, insbesondere Bitten aus Kinder und reiner Frauen Mund. Löwe, bitten seine von Sorgen welligen Lippen, scharre du für mich ein Grab, wenn ich eins brauch, und wach darüber in Schönheit und mit Ernst, wie du in längst verflogener Zeit über das trockene Häuflein der Maria Ägyptica gewacht hast.
Anders der Tiger. Er und die ihn überallhin begleitende Tigerseele laufen geschmeidig, Fleisch- und Fellpartien leicht gegeneinander verschüttelt, erst über den Zementboden des Raubtierhauses, dann über den Asphalt und Kies der Publikumswege schnurstracks hinaus. Seine Dschungelhaftig-

keit stellt der Tiger auch im nordeuropäischen Gebüsch unter Beweis, indem er sich alsbald zwischen dasselbe stiehlt und seinen unruhigen kraftvollen Pirschgang aufnimmt. Pong ist versucht, ihm zuzurufen: Tiger! Der Sommer machts nimmer lang. Bald sind die Leichentücher herunter und deine Streifen meilenweit zu sehen. Zieh so schnell du kannst gen Süden!

Aber obacht! Besser nicht zu nah an ihn heran, sonst hat er ihn auf der Brust sitzen, hört die eigenen Knochen mahlen und lebt noch, während der Tiger schon schmatzt und sich keinen Deut um irgendwelche Jahreszeiten schert. Und was ist mit der Tigerseele? Die Tigerseele ist rastlos und reizbar und roh, und öfter findet man den Tiger leer, weil seine Seele eine Abkürzung genommen hat und beim nächsten Busch auf ihn wartet.

In Scharen läuft das kleinere Raubzeug davon, so die Hyänen mit ihrem verhudelten Gang. Marder, Wiesel, Iltis, Frettchen verschwinden auf seitlichen Schlupfpfaden, lassen aber eine Blitzlichtaufnahme von sich in Pongs Gehirn zurück.

Kaum hat er ihr Drahtmaschentor aufgemacht, stellen die Schneewölfe das Geheul ein und rudeln hinaus.

Nicht so eilig haben es die wollenen Rinder, insbesondere das schwere Hornvieh, das weiter den Unterkiefer verschiebt und viel Zeit mit dem Anschauen der Freiheit verbringt.

Die Giraffen, als hätte man sie hoch oben gezwickt, fegen im flotten Galopp aus ihrem Gehege.
Bei den Elefanten, wo ja viel Fleisch und große Ohren durch die Welt bewegt werden müssen, steht nicht zu erwarten, daß sie sich so hopplahopp aus ihrer Häuslichkeit fortquirlen lassen. Sieben, acht, neun Große und zwei Elefantenkinder, die sich noch in allem nach ihren Eltern richten, rüsseln in alle vier Winde, bevor sie sich auf den Weg machen.
Bald sind sie von Affen umringt, Horden von Pavianen, Gorillas, Schlankaffen, Schimpansen, Seidenaffen. Die Meerkatzen sind besonders frech. Sie klettern auf die Elefantenrücken und halten dort oben wie in einer indischen Feerie Sonnenschirmchen über luftdurchtupfte Würdenträger. Ihre Lustigkeit soll man den Affen aber nicht abkaufen. *Kömmt da Wahrheit splitternackt gelaufen …* denkt vielleicht jemand, wenn er ihre Gesäßschwielen vor sich auf und ab hopsen sieht, und lacht, lacht dann aber nicht nur an der falschen Stelle, sondern überhaupt über die Falschen. Der Affe zeigt am Kopf, was mit ihm los ist, zeigt den mit wenig Fleisch und bißchen Fell bezogenen Totenkopf, und bleibt dieser Kopf einmal ganz gegen die Gewohnheit am selben Fleck, guckt unter den stark umrandeten Knochenhöhlen nichts als Kummer zu den armen alten Affenaugen heraus.
Die Seidenäffchen tragen sogar Zettel in ihr Fell

genäht, worauf alles Unrecht der Welt in einer Kürzestschrift vermerkt ist, vom Menschen mit bloßem Auge nicht entzifferbar, auch nicht unter dem Mikroskop, nicht einmal unter vorgeschaltetem Zweitmikroskop, darin erkennt der Mensch bloß eine Art Rennfeld, auf dem gekrümmte Striche sich zu Zwecken vorwärtsmühen, die ihm nicht bekannt sind.

Jetzt zu den Vogelhäusern! Die Vernunft sagt: der Vogel hat es am eiligsten hinauszukommen. Aber nein. Die geschwätzigen Bülbüls wollen überhaupt nicht fort.

Coccothraustes coccothraustes ist mit dem Knakken eines Kirschkerns beschäftigt.

Der Weißhals-Faulvogel sitzt und schweigt.

Astüber astunter rucken die Meisen in ihrem Momentleben voran.

Nur der Wegekuckuck, dieser erstaunliche Renner, flitzt wie ein eiliger Bürobote aus seinem Käfig.

Der Lachende Hans lacht nur in Neu-Guinea.

Der Waldrapp ist tot.

Wohin mit dem Schlangenweih?

Wohin mit dem Blauscheitelmotmot?

Will Pong nicht liebe lange Tage neben den Vogelhäusern zubringen, muß er das Volk hinausscheuchen. Er tut es, und zwar mit Hilfe einer Rätsche, die sich ihm nützlicherweise in die Hand legt, und gleich ist die Luft voll Federn und Rauschen.

Die Befreiung von Schlangen und Fischen ist natürlich am schwierigsten. Wird er diese Schwierigkeiten überwinden? Daß er sie überwindet, muß hier genügen. Es soll aber nicht verschwiegen werden, daß er Erzfisch, Schnurrbartfisch, Hutfisch und etliche Tapetenmusterfische in einem Bottich fortträgt und jedes Fischlein mit einem ahoi! der Spree übergibt. Einem Schwarm Meerseelen erteilt er vorher noch mit Hilfe von Bindfaden und Senkblei ein wenig Unterricht in Meereskunde, was sicher nicht ihr Schaden ist.

Auch die Insekten dürfen fort. Gespenstschrecken und Wandelnde Blätter, das – zur Nacht! im Gebüsch! – zart schrillende Weinhähnchen, der verkappte Schneefloh, alle Wanzen, die Mosaikjungfern, Binsenjungfern, Keil-, Azur- und Quelljungfern, der Blaupfeil, sämtliche Florfliegen mit ihren grünen Flugapparätchen, vom Wind gleich in die falsche Gegend verblasen, ebenso Trauermücken, Dungmücken und Zuckmücken, ganze Schwärme von Zuckmücken, Schwebfliegen, Köcherfliegen, Dasselfliegen, Essigfliegen, zu guter Letzt: musca domestica, die sich die harten Augen mit den Beinen reibt, bevor sie bssssss.

Ob es sich lohnt, die hinfälligen Eintagsfliegen extra zu befreien?

Das Schnürleibgesindel der Wespen befreit er nicht.

Weil es sich um Frauen handelt.

Weil sie sich mit zuckendem Hinterleib über alles hermachen.

Weil sie jeden Morgen eine frischvergiftete Nadel aus ihrem Nähkorb ziehen.
Weil ...
Der einzige Schatz, den Pong aus dem Zoo mitnimmt und der sich ruhig bei ihm in der Hosentasche breitmachen soll, ist ein Laubfrosch. Hundertfach schöner allergrünster Frosch! Er hofft, daß er kein grämliches Exemplar eingefangen hat, das ihn mit allzu frühem Dahinschwinden bestraft. Während er einen Ernährungsplan für seinen Kameraden aufstellt, geschieht draußen das Hutwunder. Keinen Fingerbreit über der Gartenhecke wird ein Hut entlanggezogen! Im Licht der Straßenlaterne klar zu erkennen: ein Hut. Jawohl, Hut! Wem gehört er? Warum wird er nicht zum Takt von Schritten auf und ab bewegt, sondern geradlinig vorbeigeführt, als wolle man seinen Augen, die weißgott viel von der Welt gesehen haben, etwas beweisen? Aber was? Betreffend diesen Skandalhut bekommt er aus dem Kreis von lauter herumhuschenden Gedanken leider nicht den passenden zu fassen. Es wäre ja ein leichtes, zum Gartentor zu springen und sich Gewißheit über das Darunter des enteilenden Huts zu verschaffen. Die Füße können aber nicht vom Fleck, Angst hält den Nacken umklammert. Gottlob wird die Erscheinung bald schwächer, und was sie an Kraft verliert, gewinnt sein Verstand.
– Vielleicht steckt der, den er gerade gelobt hat, persönlich unter dem Hut. Bekanntlich darf ER die

Menschen ja nicht in seinen Blick nehmen, sonst fallen sie tot um. Dann wäre diese sonderbare Aufführung als Wink zu verstehen, als eine kleine Ermunterung, weil Pong jetzt, da er so furchtbar allein dasteht, Ermunterungen dringend braucht. Warum aber, das erkläre man ihm bitte, warum marschiert ER unter einem Gaunerhut vorüber?
– Vielleicht steckt gar nicht Gott, sondern der Adversarius unter dem Hut. Und will ihn irre machen, damit er an allem mit seinen Zweifeln herumkratzt, bald gar nichts mehr glaubt, sich verheddert, bis ihm die Kraft zu weiteren wirksamen Gedankentaten – die ja bitternötig sind – abhanden kommt.
– Vielleicht lebt unter dem Hut ein Mensch, ein hundsgemeiner stinknormaler Mensch. Dann hat er sich was vorgelogen. Man treibt wie eh und je die beliebten Gesindelspiele, läuft unbeschädigt herum und tut sich eben mal vor seinem Haus damit dicke. Wenn es sich so verhält, wäre der Beweis …
… er langt vorsichtig, die Finger haben jetzt Wichtigeres zu schöpfen als eine Handvoll Brösel, nach dem Frosch in seiner Hosentasche und zieht zu seiner Verwunderung ein Schnupftuch mit Karos in beige blau grün heraus. Mit nichts drin. Auch keinem Batzen Laich, woraus unter den runden Augen des Mondes mit etwas Glück, Ernst, auch Hoffnung und guter Hege vielleicht einmal ein Frosch werden könnte.

Ob da wohl Frauen lachen?

Zum Fenster herein dringt der Morgen und bittet Pong, er möge doch sein Bett verlassen und einen Schritt in den Garten tun, um von der allgemeinen Schönheit zu kosten. Die Natur hat ihre Topfdeckel aufgemacht, milchige Schwaden sind übergewallt und laufen am Boden aus. Es schiebt das Universum mit seiner Damaszenerhand einen Ausguck auf sich selber frei. Spätsommerliche Frackvögel schießen in die geklärte Luft. Ihr eiliges Ziwitsch! Und die Bienen, die unermüdlichen Bienen singen schon Fleißlieder über all dem aufbrechenden Blumenfieber. Pong steht im Pyjama da und schlottert ein bißchen, nicht weil ihm kalt wäre, sondern weil sich die Natur unter seine lockere Kleidung geschlängelt hat, um an seine Haut zu rühren. Es dauert aber keine zwölf Minuten, da hat er sein Zimmer aufgeräumt und sich selbst ordentlich gekleidet in dunkelgrau und schwarz. Weiß trägt er selten, im Grunde nur, wenn eine Unschuldsvermutung ihm erlaubt, ein weißes Hemd über seine Brust zu streifen. Heute ist aber nicht der Tag dafür. Heute ist der Tag eines besonders sauberen Gesichts. Einen Schwall Wasser nach dem anderen hat er aus der hohlen Hand vor sein Gesicht gekippt, die Haare wurden mit feuchten Fingern zurückgestrichen und vor dem Spiegel neu befestigt. Durch die Schlaufen seiner Taghose ist ein Gürtel mit prächtiger Schnalle gezogen, womit Pong sich einmal mehr seine herrliche Bauchlosigkeit beweist. Daß er einen kleinen weichen Hut aufsetzt, ist vielleicht ein Zeichen, daß etwas mit Hilfe dieses Huts zu ihm spricht und Pong es auch vernimmt. Der Hut wird aufgesetzt, abgenommen, es wird in ihn hineingesehen, er wird schief aufgesetzt und dann gedreht.

Frühstück! Ein Knopfdruck, der Eierkocher soll sein Frühstücksei fertigbrüten. Zwei kalte Toastscheiben, die unerklärlicherweise aus dem Toaster gucken, wirft er fort und steckt neues Brot hinein. Pong wird sich sein Frühstück vor der geöffneten Terrassentür auf einem Holztisch mit schwarzer Glasplatte servieren. Die Türflügel lehnt er auf, soweit es geht, stellt aber auf Holzrahmen gespannte Netze in die Öffnung. Wespenschutz! Er wird sein gehabtes Leben in aller Ruhe mit duftendem Kaffee auffrischen, Zuckerbrocken in die Tasse werfen und all das fortspülen, was noch in ihm flattert von der Nacht und nach Leder schmeckt.

In den Toast zu beißen, während er noch heiß ist und die Butter schon darauf schwimmt, ist eine Verlockung für Zunge und Nase. Der Anblick des Eis hingegen rührt den Magen. Mit höchster Konzentration, wie sie nur ein Mensch aufbringt, der sich an eine kleine Sache ganz verschenken kann, läßt er das Messer waagrecht aus der Hand schnel-

len, um das oberste Drittel vom Ei wegzuschlagen. Er liebt das Eigold. Er könnte einen Berufseifer dahingehend entwickeln, vor Publikum Eier perfekt entzweizuhauen, und zwar so, daß nicht grobe Zacken die getrennten Teile säumen, sondern winzige, die sich unter dem bloßen Auge zu einer Linie versammeln, und der weggeköpfte Teil nur einen Tupfen Dotter enthält, der an seinem weißen Bett klebenbleibt und nicht herabrinnt. Es gibt aber noch andere Gründe, ein Ei zu lieben:
Ein Ei ward rein aus einem Schlachtfeld gehoben.
Ein Zwang hält es in schöner Form.
Ins Handelsbuch der Liebe ist das Ei auf Debet und Kredit zugleich zu schreiben.
An ihm und in ihm ist nichts Bösherziges.
Vermöge der ihm eingeimpften Zuversicht, daß aus ihm noch etwas werde, liegt über dem Verzehren eines Eis ein Hauch von Verruchtheit.
Demjenigen, zu dessen Mund es eintritt, bringt es Eiglück.
Das Ei ist ein Mysterium.
Ausgewühlt aus der Materie, eingewühlt in die Materie.
In diesem Moment kommt ein Lachen aus seinem Hut, ein kaltes eingesperrtes Stubenhockerlachen. Mit ihm platzt eine Frage heraus, die Pong nicht einfach überhören kann, weil so dicht über seinen Ohren, so nah an seiner Stirn gefragt wird: Befindet sich im Inneren des Eis eine Mädchengrotte? Pong

läßt den Löffel sinken, schließt einen Moment die Augen, um Kraft zu sammeln, und verzehrt dann das Ei mit den ausladenden, sich selbst zuwinkenden Bewegungen eines Lebemannes, ist vergnügt und wird immer vergnügter, fühlt sich plötzlich stark genug, einmal das Thema Frauen herzunehmen, um – wer weiß, heut ist vielleicht der Tag dazu – es einer endgültigen Lösung zuzuführen.
Und? Liebt er nun die Frauen oder liebt er sie nicht? Sachte, sachte. Die Zeiten, in denen man die Frauen entweder liebte oder nicht liebte, sind vorüber und kehren nicht wieder. Pong zum Beispiel fährt mit den Händen durch die Luft, wenn er an Frauen denkt. Auf *Popo* und *Busen* käme ein Zuschauer aber nicht, wenn er den Händen Pongs folgte. Woran Pong denkt und was er mit seinen Händen vorsichtig nachbildet, sind gewisse Kleinigkeiten, die er vielleicht einmal an einer Frau liebte und – unwahrscheinlich, aber nicht ausgeschlossen – noch heute an ihr zu lieben bereit wäre. Was insgesamt zur Frau gehört, bringt ihn zur Verzweiflung. Lieben kann er, günstige Umstände vorausgesetzt, nur Einzelheiten, mehr nicht. Nehmen wir das Kinn. *Kinn* ist das Schlüsselwort für eine Postmeisterin in einem entlegenen Land, an der Pong eben jenen Körperteil bewundert hatte: zart und zugleich fest, nicht fleischig und nicht knochig. Aber die Nasenlöcher, wie geschaffen für die Stöpsel, mit denen die Postmeisterin Verbindungen nach Fernost stöpselte, stießen

ihn ab. Es ist sogar vorgekommen, daß er das linke Auge einer Frau liebte, ihr rechtes aber nicht. Umgekehrt kann eine Einzelheit bei einer sonst tadellosen Person ihn vollkommen verstören, und man sieht ihn mit wedelnden Armen davonlaufen. Eine solche Einzelheit wäre zum Beispiel eine kaum erbsengroße, dunkle, von unsichtbarem Faden abgeschnürte, noch knapp mit der Haut verbundene Fleischerhebung am Hals einer Frau.

Klar, er könnte das Herumschleichen anfangen und sich die geliebten Teile mit dem Messer ergattern. Dazu fehlen ihm aber Antrieb und Hartnäckigkeit, die es zu so einem Entschluß braucht. Von der Erschaffung einer Frau aus Lehm oder Gips oder Gummi, mit darüber gezogener Kalbshaut und einzeln eingesetzten Haaren, hält er nichts. Daran waren bereits alle seine Vorgänger, und besonders die berühmten, gescheitert. Zwar kann ihn die Vorstellung begeistern, aus einer edel geformten Schachtel die schönsten Augen herauszunehmen, zum Beispiel die fliederfarbenen von Elizabeth Taylor, und sie einem Wachsgesicht in die Höhlen zu legen. Diese unvergleichlichen Augen rauschen plötzlich vor ihm auf, und es faßt ihn ein Weh, ein heißes bittres Weh. Einen solchen Augenkasten würde er gern mit sich herumtragen, einen Kasten mit lauter Schauspielerinnenaugen, mit dünnrandigen Lackaugen, mit sandgrünen Augen, mit Augen durchsichtig wie Luft. Aber das sind Spielchen, die nicht wirklich

zählen, die ihn keine zwei Minuten beschäftigen können.
Obwohl Pong inzwischen einen undurchdringlichen Abschluß gegen sich selbst erreicht hat, gibt es manchmal noch den Wunsch nach einer Frau. Er empfängt sogar Hinweise, daß irgendwo ein Wesen auf ihn wartet, ein Wesen mit Namen Evmarie. Ihr Aufenthaltsort ist leider geheim, geheim wie die Hinweise, die an Türpfosten oder Weggabelungen für ihn angebracht sind – gekreuzte Ästchen: Evmarie sitzt und hat Geduld – ein vorstehender Nagel: Evmarie möchte gefunden werden – ein zitterndes Blatt: Evmarie weint, weil er den Kopf voll mit anderen Frauen hat. Im Traum wurden sie schon mal vorsichtig miteinander bekannt gemacht. Pong kommen aber immer wieder Zweifel, ob er ein so zartes Wesen wirklich um sich haben möchte, ob er nicht eher eine harte Frau bräuchte, mit der nicht zu spaßen wäre. Tatsache, daß auch diese harte Frau noch nicht gefunden ist, obwohl Pong, da er ja einnehmend auf Frauen wirkt, mit vielen schon bekannt war, genügend bekannt, um bei jeder zu erkennen: Diese nicht!
Er erinnert sich genau an die Frauen und weiß noch, welche Gründe zu ihrer Verwerfung geführt haben. Viele Gründe haben mit den Organen der Frauen zu tun, beziehungsweise mit den Geräuschen, welche dieselben erzeugen. Pong verabscheut den Tumult der inneren Organe. Sobald er mit einer Frau

näher bekannt wird, horcht er sie ab, ob ihre Organe sich im Tumult befinden, wenn ja, wendet er sich angewidert von ihr ab, eigentlich von ihren Organen, die ja aber leider mit der Frau zusammengewachsen sind. Er überwacht ihre Leibgeräusche und toleriert allenfalls pflanzliches Knistern, das von weit her an sein Ohr dringt. Er verabscheut alles Voll- und Pralltönende, als Sondergeräusch auch das Knacken der Knie.

Es lohnt hier nicht, all die unglücklichen Frauen aufzuzählen, die sich schon von Pong umfangen und für immer in Gemeinschaft mit ihm wähnten; Stimme, Haar, Nase, den Mund besaßen sie, um ihm zu gefallen, nicht aber genügend diskrete Organe. Ein Fall soll hier all die übrigen Organabgelehnten vertreten: Lydia. Lydia war schön und ist es, so sie noch lebt, gewiß bis auf den heutigen Tag. Mittelgroß, zartgliedrig, Augen wie ein Teppich. Was sie vor allen anderen auszeichnete und wofür Pong sie auf der Stelle liebgewann, war ihre Stimme. Über ein Reibeisen mußte sie hinweg, bevor sie frei mit der Luft ging. Durch hartnäckiges Wiederholen der Frage, ob sie schon einmal mit einem Mann vertraut gewesen, fingen Pongs Ohren diese Stimme endlich ein. Eine Antwort war zu hören, kurz, korrekt, aber mit gedehnten Vokalen, worauf Lydia in ihr schwer deutbares Schweigen zurückglitt. Geb's Gott, alle Frauen wären so! frohlockte Pong und führte Lydia, ohne weitere Antworten zu erzwingen, nicht in sein

Haus, sondern auf ein gemietetes Zimmer am Ludwig-Kirch-Platz, wo er Frauen zu prüfen pflegte. Langsam zwar, aber ohne jede erkennbare Scheu, tat die Frau auf sein Geheiß ihre Kleider ab und legte sich, die Ruhe selbst, aufs Bett. Pong vertändelte keine Zeit mit fragwürdigen Zärtlichkeiten, sondern machte sich gleich an die Organprobe. Er legte auf Höhe der Bronchien das Ohr an Lydias Körper und horchte von dort nach unten wandernd ihre Organe ab. Was war da nicht alles zu vernehmen, ganz im Widerspruch zu der sonst so schweigsamen Frau! Ihre Organe schwatzten, als wären sie im Tollhaus. Ihre Bronchien schienen mit durchlöcherten Ästen ganz fein zu pfeifen. Die bei den meisten Menschen naturgemäß ruhigen Lungen führten mit pneumatischen Stimmchen ein Lungengeschwätz auf, ein von niemandem, am wenigsten von Pong, erbetenes Senk- und Hebegeschwätz. Das Herz trommelte wie ein wilder, nicht gerade begabter Schlagzeuger. Niere – still. Leber – still. Aber der Magen! Was der Magen in einem müden Gemurmel der Entschuldigung hin- und herwälzte, entbrannte in den Därmen zu einem Toben, einem Schießen, einem Zischen, daß Pong gern auf weitere Erkundungen verzichtete und Lydia höflich um Wiederankleidung bat.

Danach fühlte er sich elend und verlassen, wie dazu verurteilt, auf einer endlosen Schutthalde herumzuwandern; eine innere Schelle wollte ihm gar das

Ende aller Mühen einläuten, selbst der Mühe zu atmen. So nah an seinem Ideal hatte Pong sich gewußt, so sehr fand er in seine Arme schon das Glück geworfen. Als die Frau ihre Kleider aufhob und ihn ansah, konnte er nicht mehr daran glauben, daß ihre Organe sich schlecht aufgeführt haben sollten. Losstürmen und den Schatz wieder einfangen wollte die unbelehrbare Brust, doch die kritischen Ohren blieben der Sieger. Mit den Jahren, die von nun an wie Blindschleichen an ihm vorüberzogen, begann Pong an ein Täuschungsmanöver zu glauben. Jemand – rätselhaft wer, noch rätselhafter warum – hatte ihn zum Narren gehalten und ihm Schallempfindungen aufgenötigt, die gar nicht Lydias Organen, sondern einem allgemeinen Schallposten der menschlichen Gemeinheit entflohen waren. Oft quält ihn die Erinnerung daran, und er kann sie nur verscheuchen, indem er das Gedächtnis mit lauter Frauen besetzt, die er ohne Reue wieder losgeworden war. Pong zerreibt die Reste seines leeren Eis zu Kleinbruch und löst dabei das zart anklebende Eihemdchen ab. Auf der Terrasse, in einem gegen ihn gerichteten Halbkreis, gleichgewichtig in ihrer Abscheulichkeit, gottlob von Netzen ferngehalten und aus der Erinnerung etwas dünner gezeichnet, als sie in Wirklichkeit waren, sieht er diese Frauen plötzlich mit ihren Fehlern sitzen, wobei immer noch ein wenig Ekel in ihm glüht, wenn er sie im einzelnen betrachtet.

Da, am linken Rand, hocken die Vertreterinnen unschöner Eßmanieren, die ihre Manieren hierher mitgebracht haben, mitsamt dem nötigen Besteck dazu, Frauen, die den Kaffeelöffel mit saugendem Geräusch verkehrt herum von der Unterlippe abziehen oder die Gabel zwecks Befestigung lächerlicher Argumente in die Luft stecken. Andere spießen mit diesen Gabeln Brocken von fremden Tellern und wollen dafür auch noch gelobt werden. Wieder andere werden von geheimnisvollen Gewichten auf ihr Gedeck niedergezogen und richten von schräg unten, den Mund noch nicht leer, schlammige Worte an Pong. Manche lassen den Abdruck ihrer geschminkten Lippen so tief am Glas zurück, als hätten sie hineingebissen, scheren sich auch keine Sekunde darum, das Mal wieder wegzuwischen, im Gegenteil, so ein Glas wird nicht zum Wohl, sondern zum Ekel von Pong emporgehoben und mit grinsendem Abdruck gegen ihn wieder abgestellt.

Mehr in der Mitte hocken die Schwatzhaften und solche, die unentwegt lachen, als könnte ihnen ihr kleines Leben genommen werden, wenn sie einmal nicht lachten. Manche sind überhaupt nicht zu beruhigen, ihre Oberlippenbärtchen zittern vor lauter Sprechbedürfnis. Was er da vor sich hat, sind alles minnende und zugleich gezierte Seelen, und zwar in ihrem heutigen Fleisch. Zum Zeitpunkt, als er sie kennenlernte und eine kleine Unwidersteh-

lichkeit Pong nötigte, an ihnen seine Proben vorzunehmen, hatten sie ein anderes.
Zum Beispiel sieht er da braungeglühte Häute unter strohlichten Mähnen; diese Damen hatte er vor elf Jahren in einem kalten Monat kennengelernt, und ihre Häute hatten damals nicht den Eindruck erweckt, bald zu Handtaschen oder Börsen oder Schlüsseletuis verarbeitet zu werden. Er war damals auch nicht auf die Idee gekommen, ihre Haare als Werg um eine tropfende Rohrverbindung zu winden. Die frühere Welligkeit ihrer Leiber, ein fließendes sich Hinbegeben und wieder Wegbegeben, ist durch ein Stocken da und dort gestört. Manche Stellen an diesen Körpern können vor Lebendigkeit gar nicht mehr an sich halten, andere sind zu müde. Es ist, als wäre eine unbedeutende, den Frauen noch gar nicht bewußte Marter über sie verhängt, welche die Unglücklichen zwischen Müdigkeit und Regsamkeit schwanken läßt.
Pong gibt sich jetzt ganz als Lebeherr, ein Lebeherr, der mittendrin lebt und mit dem Finger überall mal eben nur so antippt, vielleicht noch an dem ausgestreckten und wieder eingezogenen Finger riecht. Gut. Hier sitzen also neunzehn Frauen mit zweiundsiebzig schwerwiegenden und nochmals hundertundfünf weniger schlimmen Fehlern behaftet – derselbe Fehler, wenn er mehrfach auftritt, auch mehrfach gezählt. Geheimnisse brechen auf und offenbaren Zahlen, aus dem Seinsgewirre lösen sich

die Empfindungen, keusche und grimmige, scheue und windige. Pong hat alle Fehler auf einer Gedächtniskartei vermerkt, jeder einzelne Fehler wird in seinem Gehirn gewogen und eine auf der Fehlerwaage ermittelte Gewichtszahl in die Kartei eingetragen. Einen Fehler an einer Person erkennen, ist kinderleicht, jedermann übt sich in dieser Kunst und kann es irgendwann. Einen Fehler in seiner Substanz ergreifen und ihn anschließend genau wiegen, das kann nur Pong. Höhererseits kann man es natürlich auch und hat dafür womöglich noch feinere Meßapparate.
Wie erwischt man nun einen Fehler in seiner Substanz? Man schöpft ihn, beziehungsweise seine Flocken, aus einer Leibmulde. An den Leibern gibt es eine Mulde, an deren Rand die Fehler schuppige Dingsel abstreifen, wenn sie über den Körper hinzischen oder sich auf ihm rekeln. Pong fährt mit einem Löffel in die Mulde, einem Löffel kleiner als ein Ohrlöffel, und löst damit das Moos ab, zu dem sich die Schuppen verdichtet haben. Wer's nicht glaubt, soll ruhig in Pongs Aktentasche hineinschauen, dort befindet sich der Löffel. Und mit dieser lächerlichen Methode will er den Fehler ganz zu fassen kriegen? Ja. Es ist nämlich so, daß ein Schüppchen von einem Fehler Pong die Symphonie des gesamten Fehlerkosmos vormusiziert. Etwas spricht durch Maschen hindurch und findet nie gegangene Wege, hebt an und hebt über sich hinweg,

strebt einer anderen Verfaßtheit zu und wird erfaßt in einem Geistgebiet, wo Qualen nicht mehr Qualen sind, wo Blinde vom tausendfarbigen Schein kosten und ihre Augen vor Entzücken niederschlagen, wo der Taube die Sprache der Fische vernimmt und fröhlich sie um Auskünfte bittet, wo Lahme nie gesehene turnerische Übungen vollführen und anschließend im Applaus eines sehr verwöhnten Publikums baden. Hundert Wege der Verwandlung führen in Pongs Kopf, und in diesem Kopf befindet sich das Geistgebiet, und was einmal ein Fehler war, unschön und bemitleidenswert in seiner Substanz, wird dort zur reinen Zahl.
14 77 91 10 ww – Wer kann das entziffern? Niemand außer Pong. Er allein hat den Fehler in seiner Substanz gewogen und katalogisiert, und zwar den Fehler: Lippenstift am Zahn einer Gabi im Monat März des Jahres 1991, ww steht für den Grad des Widerwillens, den Pong beim Anblick des Fehlers damals spontan empfand.
11 23 88 22 w – Schmutzkörnchen im Augenwinkel einer Heike im Monat Juni des Jahres 1988, Widerwille eher gering.
25 43 92 03 wwww? Schwelender Parfümbrand in den Achselhöhlen einer Angelika im Monat Januar des Jahres 1992, einem kalten Monat, was den Widerwillen kleiner hielt, als wenn der Fehler zum Beispiel im August vorgekommen wäre.
Großer Widerwille und kleiner Widerwille kor-

respondieren nicht unbedingt mit den Maßzahlen, denn beim Wiegen widerfährt dem Fehler Gerechtigkeit, und die Gerechtigkeit mißt anders, als Pong es manchmal unwillkürlich empfindet. Ein Fehler, den Pong gern übersehen oder überhört hätte, kann sich wie ein Schwergewichtler auf der Waage ausnehmen, so der Fehler:
99 81 94 33 w – Benutzung des Wortes ›die Denke‹ von einer Natascha im Monat September des Jahres 1994. Hoch schlug er zu Buche, höher als Pong es damals lieb war, denn mit dieser Natascha hätte er gern sich geküßt und wäre gern wie ein närrisches Irrlicht über den Sumpf ihrer moorbraunen Haare hingehuscht.
Weitere Beweise, wie perfekt diese Fehlerwaage funktioniert und wie nichts von einem Fehler auf ihr verlorengeht, sind wohl nicht mehr nötig. Bitte zurück zu den Frauen.
Es sind keine Frauen mehr da. Der Lichtfraß hat sie ausgebleicht. Pong blickt mit seinen Falkenaugen ins Helle und kann keine einzige Frau mehr erkennen. Zu seinem Leidwesen erkennt er aber böse Schatten auf den Netzen. Wespen! Wespen, die sich darauf niedergelassen haben, um einen Durchschlupf freizukauen. Ein Mann seines Zartgefühls vermag gegen ihre Durchtriebenheit nichts. Pong verläßt den Kriegsschauplatz des Geisteslebens und räumt die Reste seines Frühstücks fort.

Maßnahmen

Licht und Schatten, unter den Bäumen zeigt sich ihr Schnittmuster all Augenblick neu. Pong steht unter der Blutbuche im Garten und kann die Augen vom Boden nicht lösen. Aus heiterem Himmel, durch das raschelnde Blätterdach, ist eine Aufgabe gefallen, die ihn zwingt, aufzupassen wie ein Schießhund. Er muß auf die Lichtflecke starren, deren Formen zu ihm sprechen, genauer gesagt: aus denen die Wahrheit spricht. Eine bestimmte Wahrheit? Nein, einfach die Wahrheit rundheraus und ohne Blatt davor. Mit heller Stimme fordert sie ihn auf, ihr Terrain zu verteidigen und überall Grenzen zu ziehen, scharfe Grenzen zwischen ihr und der Dummheit. Und so steht er schon über eine Stunde unter der Buche und paßt auf.

Nicht einfach, was man da von ihm verlangt. Die Falten über der Nasenwurzel bezeugen es, seine Augen schmerzen, vom Blutandrang pochen die Schläfen. Schon der kleinste Windstoß bringt alles zum Flirren. Durch das Laub schießen Blitze, und diese Blitze bewirken einen Aufruhr, und auf diesem Aufruhr reitet mit Schenkeln aus Stahl der Befehl: Maß nehmen, anpacken, ein neues Muster entwerfen, heute noch, jetzt!

Wie ferngelenkt marschiert er ins Haus. Ein Sortier-

und Vertreibungswerk wartet auf ihn. Teile dich, Totes Meer, und verschlinge, was in dich hinab muß! Hinab muß die Dummheit. Mit Haut und Haar. Mit ihrem Gefolge, ihren mit Katzengold gesprenkelten Fibern. Wenigstens in seinem Haus soll die Dummheit, wo sie an Dingen klebt und ihm die Sicht nimmt, ausfindig gemacht und vernichtet werden. Die Dummheit aus der breiigen Stadt zu vertreiben, gar aus dem Land, gar aus der Welt, damit wird er sich erst nach und nach befassen können. Wenn es gelingt, sie aus seinem Haus zu verscheuchen, ist immerhin ein Anfang gemacht, wer weiß, vielleicht springt sein Beispiel auf andere über und erzeugt Nachahmer. Pong glaubt, daß unnütze Dinge die Dummheit ausdünsten, auch solche, von denen es zu viele gibt, oder solche, die durch mangelnde Schönheit den Blick stumpf werden lassen. Zu den Poren der Haut dringt sie beim Menschen ein, schläft ein Weilchen in seinen Organfalten, wird fett und ist bald Alleinherrscherin über den Leib und all die graubrüstigen Leibgedanken. Freilich, Pong darf mit einem gewöhnlichen Menschen nicht verglichen werden, doch der ständige Abwehrkampf hat seine Haut schon ziemlich mitgenommen, und so könnte, wenn er nicht aufpaßt, die Dummheit im Verein mit der Lüge eines Tages auch bei ihm ein Schlupfloch finden.

So weit wird es nicht kommen. Pong ist der Herr. Er wird die falschen Dinge aus seinem Weg stoßen.

Herr und Knecht hat nicht denselben Gott. Er ist der Herr! Er ist der Herr! Welchen Gott hat der Herr? Er hat zum Gott eine Frau: die Wahrheit. Wen hat der Knecht zum Gott? Auch eine Frau: die Dummheit. Den Dummen treibt der Wind dahin und dorthin, er muß sich ducken, er wird krumm. Pong aber möchte im Meer der Wahrheit baden, frei, mit gut geschmierten Gelenken. Sollte ihn das Meer der Wahrheit unvollkommen finden, mag es ihn einsalzen und wegschlecken wie einen schadhaften Kanister. Lieber wäre ihm allerdings, die Wahrheit würde ihn nach dem Bad bei der Hand nehmen und einen Weg entlangführen, da und dort innehalten und mit dem Finger auf das weisen, was er wissen muß.

In seinem Haus geht das nicht. In seinem Haus wachsen mannshohe Schweinsborsten, zwischen denen er herumirrt wie in einem Schilf. Wozu sind die neunzehn Kaffeelöffel in der Geschirrschublade gut? Daß er, bevor er den einen findet, mit dem der Kaffee umzurühren wäre, von achtzehn anderen verwirrt wird. Wozu hat er soundsoviel Hemden, Westen, Unterhosen, Strümpfe, Gürtel, Taschentücher? Damit ihn das Suchen nach dem richtigen Stück aufregt, und er vor der Raffiniertheit der Sachen, die sich jedesmal anders hinlegen, kapituliert. Es führen die Dinge sich selbst ins Feld und machen ihn zum Trottel. Von einem Kraftaustausch zwischen ihm und ihnen kann nicht die Rede sein.

Er allein vergeudet seine Kraft an sie. Eine fast fleischliche Drangsalierung geht von ihnen aus, obwohl sie sich zu tarnen wissen und in der Hand oft kühl und abweisend liegen. Außerdem lassen sie unaufhörlich einen leisen Fragenhagel auf ihn niederregnen, den er gar nicht bemerkt, aber sein Gehirn ist mit der Beantwortung dieser Fragen insgeheim beschäftigt. Wenn er, wie gewisse russische Gangster in Amerika, in der Küche ein Einmachglas mit den abgeschnittenen Fingerkuppen seiner Gegner aufbewahrte, wäre es ja selbstverständlich, daß Fragen auf ihn niederhagelten. Aber so ein Einmachglas steht bei ihm nicht in der Küche. Statt dessen fragen ihn, wenn er die Knopfbox aufmacht, zweiundsiebzig Knöpfe nach nicht mehr anwesenden Kleidungsstücken, wo und wann getragen und warum abgelegt, fragt ein Perlmuttknopf, wo wenn man die Mutter aufmache ihre Perle sei, fragen aus Steinnüssen gedrehte Knöpfe nach der malaiischen Purgiernuß, und Stoffknöpfe, diese scheinbar gemütlichen Stoffknöpfe, lassen nicht locker, bis Pong ihre Gewebenamen in Kreuzwortfelder buchstabiert. Der Große Organisator müßte sich selbst ins Gesicht speien, wenn er tagtäglich von so vielen Dingen angelächelt, gefragt, herumgeschubst, zu Grübeleien angehalten würde.

In Kürze wird Pong Musterung halten und erkennen, was alles aus dem Haus muß, damit er sich als vollendeter Herr erweist und nichts mehr von einem Knecht an ihm zu finden ist. Obwohl sein Haus klein und ohnehin nur mit wenigen Möbeln gefüllt ist, muß sich mehr lichten. Von den Regalen beginnt Pong Dinge zu pflücken, die vielleicht nicht immer dumm waren, ihm aber die Wahrheit verstellen. Dinge von unvernünftiger Massigkeit, Dinge von unsinniger Leichtigkeit. Und natürlich alle Dinge, die bloß darauf lauern, per Schnur und Knopfdruck zum Leben erweckt zu werden. Sobald lebendig, haben sie nichts anderes im Sinn als zu frohlocken – über ihn wohlgemerkt! – mit Plappern, Schreien, Fiedeln, Klimpern oder aufreizend häßlichem Gepfeife.

Pong muß sein Herrenleben frei aus dem Handgelenk führen, unbelästigt von Stimmen, mit weitum beweglichem Kopf, er darf nicht, wo er sitzt und steht, von roten Leuchtaugen fixiert werden. Als gelte es Verbrechen aufzuspüren, macht er sich an die Geräte heran, kappt die Kontakte zu den gottesmörderischen Auftraggebern, entreißt ihren Bäuchen die in sie versenkten Batterien und stapelt die bloß noch halb gefährlichen Geräte, blöde Pfleglinge mit toten Augen, in der Mitte der Bibliothek. Um die Größe der im Garten auszuhebenden Grube besser abschätzen zu können, nimmt er an dem Haufen Maß. Schon blühen auf seinem Kopf, noch verborgen unter dem Hut, nie gesehene Blumen und seltene Farne, lauter Ideenwiegen, künftige Huthebewerke. Darin Hutschnecken. Darin Häu-

ser aus Kalk. Darin Familien im Gras. Darin der Todesengel zweidaumengroß. Darin ein verglühter Planet. Darin Kruzifixe aus Drähtchen und Haar. Und gewisse Vogelworte in den Haarfurchen und ein komischer Wind.
Er entwischt durch die Vordertür, sein Vorhaben von den Wespen, die bei der Terrassentür auf ihn warten, nicht durchschaut, und kann aus dem Geräteschuppen den Spaten holen, ohne daß Flugkörper ihn von seinem Weg ablenken. Die Grube wird mit Eifer gegraben. Nachdem die Geräte darin verschwunden sind – Grasklumpen drauf und fertig. Pong schaufelt noch paar Löcher, worin er kleinere Dinge verschwinden lassen will. Es werden verscharrt:
Hosen mit nicht mehr strammem Hosengummi.
Verwirtschaftete Dinge.
Empfangene und aus unerfindlichen Gründen aufbewahrte Post.
Dinge mit Hohlräumen.
Von 19 Kaffeelöffeln 17.
6 Knöpfe von Kleidungsstücken, die er noch besitzt, bleiben in Verwahrung. 64 müssen ins Loch.
Kabel.
Eine Lampe, der Spionage verdächtig.
Eine Plastikbox, darin Angst.
Zornige Nägel.
Musik.
Ein zerhackter Stuhl.

Körperpuder, Seifenreste.
Wecker, Uhren, Thermometer.
Die Kaiser-Friedrich-Spieldose mit *Lerne leiden ohne zu klagen.*
Zu weiche Leibchen.
Muttergeschenke begleitet von Muttergeschwätz.
Eine falsche Vaterbibel.
Klötze.
Kerzenhalter.
Der Enthauptungsteller aus Zinn.
Photo einer Person, die Evmarie S. ähnelt.
Ein Aschenbecher mit Geruchsperre.
Socken mit dünnen Stellen.
Von Bertillon die *Technik der gerichtlichen Photographie.*
Salben.
Der Paß. Der Führerschein. Impfkarte. Versicherungskarte. Fahrtenschwimmer.
Serviettenhalter und Spargelheber.
Sonnenbrille im Etui.
Ein Jazzbesen.
Billiger Schirm.
Kunst.
Altes Mehl. Alte Haferflocken.
Bücher, in denen gewisse Stellen beschrieben sind.
Ein Buch vergräbt er nicht, sondern wirft es dem Bischof, der gegenüber hinter einem hohen schmiedeeisernen Gitter wohnt, in die Auffahrt. Unentwegt wird darin von Schurzschlitzen gehandelt, von

symmetrischen Zwei-Zipfel-Schürzen, von mit dem Zingulum verknoteten Tütenfalten, von Schurzmischformen und Schurzkompositionen, auf die er liebend gern verzichtet. Worte der Strenge, der Güte und Genauigkeit hatte Pong in diesem Buch gesucht und war praktisch auf jeder Seite verlacht worden. Soll es den Bischof ärgern!
Nach all den Verlusten, die nicht sein Herz zerreißen, sondern im Gegenteil es in Form hämmern, fühlt Pong mit Stolz, wie der Arbeitsschweiß seinen Körper überzuckert. Er stützt sich auf den Spaten und steht ein Weilchen still für das Portrait eines modernen Arbeitshelden der Sowjetunion, das leider nicht mehr gebraucht wird und auch niemand anfertigt. Sogar für die neun Meter bis zum Schuppen schultert er den Spaten nach Heldenart. Korrekt gekleidet unter der Elf-Uhr-Septembersonne, mit prächtig vortretenden Rippen, Pong, der Kraftkerl und Tausendsassa, tausend Ehrenwörter hat er dem Himmel schon gegeben und gehalten, tausend andere werden folgen. Bald ist Mittag und die Mohnköpfe platzen. Was wird sein Leben von 12 bis 24 Uhr vorantreiben? Nichts von Belang. Er wird sich seiner korrekten Kleidung wieder entledigen, im kahlgeschleppten Haus das Bett aufsuchen und denken. Darüber nachdenken, wie er aus klugen und heiligen Büchern klüger und heiliger werden, wie er Hoffart und Verstocktheit überwinden, wie sein metallenes Herz wieder weich werden könnte,

aber nicht zu weich. Bein an Bein, die dünnen Oberarme eng an den Körper gelegt, mag er eine Hand heben und sich an der Schwärze seiner Fingernägel freuen. Der Kopf? Hut weggelegt, Kopf unbewegt, nur die Augen rollen ein wenig in den Schalen herum. Und ausnahmsweise sind da keine Stimmen. Und kein Wind und keine Hand, die über sein Haar streichen. Was aber haben die Maßnahmen gezeigt? Daß Pongs Heldentum an der Sonne rasch vergeht. Daß er ein Mondheld ist, kein Sonnenheld. Morgen schon wird ihm der harte Mond der Unterirdischen leuchten. Dann!

Unter Glas

Pong tritt heute seinen dreimonatigen Dienst als Menschenfischer an. In vollkommener Ruhe wird er dasitzen, selber das Netz sein, in dem sich die Menschenschwärme verfangen, und es wird damit enden, daß er vor großen geordneten Scharen lehrt. Zu diesem Zweck ist ein Glashaus gemietet, das vorher als Kiosk gedient hat, wie an den abgerissenen Resten von Reklame noch zu erkennen ist. Das

Häuschen ist rundherum aus Glas, bis auf die hüfthohe Holzkonstruktion, das Dach und die dünnen Rahmen, in welche die Scheiben eingelassen sind. Es befindet sich unter der Erde in einem U-Bahnschacht. Die Scheiben müssen natürlich gereinigt werden, sonst ist das Gehäuse, um sich darin zur Schau zu stellen, nicht ideal, sonst kann er wunder was darin veranstalten, und es bleibt nur ein schmieriger Eindruck.

Für 7 Uhr ist ein Fensterputzer bestellt. Ob der Mann kommen wird? Ob Pong tatsächlich mit ihm, einem Herrn Rüdiger Schmitz, telephoniert hat? Oder hat er ihn wie üblich durch Gedankentelephon herbestellt? Wenn ja, ist dann auf das Erscheinen von Herrn Schmitz überhaupt Verlaß? Oder ist der Mann gegen Gedankenrufe immun, zum Beispiel durch Ohrpolster? Pong kann seinem Gedächtnis solche bohrenden Fragen nicht ersparen. Bedauerlicherweise geht seine Armbanduhr zwei Minuten vor. Während das Gedächtnis mit schlüpfrigen Antworten nicht spart, muß Pong seine Uhr immerzu mit der großen Uhr vergleichen, die von der Decke des Schachts hängt. Das geht eine Weile so hin, das geht eine Weile so her, mit viel Schrittchen und Seufzen und Atmen und Sich den Schweiß von der Stirn tupfen. Als er einen Mann mit Leiter herankommen sieht, füllt Pongs Brust sich mit Jubel, und er ist von dem wirklichen habhaften pünktlichen Auftauchen des Fensterputzers so ent-

zückt, daß er die verlegen ihm hingestreckte Hand innig drückt.
Herr Schmitz ist ein älterer, noch gelenkiger Mann, dem der Kopf frei aus den Schultern wächst. Kein Schandfleck an diesem Kopf. Würde man ihn abpflücken und in einen Obstkorb legen, könnte er dort mit den Äpfeln um die Wette glänzen. Wahrscheinlich ist seine Brust unter dem Arbeitskittel schön, vermutet Pong, dessen Vertrauen in den Fensterputzer schon riesengroß ist, weil der Mann weiter kein Wort verliert und sich im Bahnbeamtenhaus mit Wasser versorgt. Vertrauenerweckend ist auch sein Arbeitsgerät, besonders die an den Auflageflächen mit Leder gepolsterte Leiter, bestimmt mehrere tausend Male hat sie schon an Mauern und Fenstern gelehnt, ohne wegzurutschen, ohne einen Kratzer zu hinterlassen. Das hindert Pong aber nicht, dem Fensterputzer genau auf die Finger zu sehen, ihn auf leichtsinnig überwischte und nicht restlos gesäuberte Stellen hinzuweisen, wo man auf strengere Hilfsmittel, als Lappen und Gummiwischer es sind, zurückgreifen muß. Der Fensterputzer quittiert diese Hinweise mit Kopfnicken. Einfache Menschen mögen Pong, weil er nicht quengelt, nicht das Unmögliche verlangt, immer sachlich bleibt und gutes Geld gibt. Zum Schluß glänzen die Scheiben. Pong hütet die Hand von Herrn Schmitz, in die er einen Schein gesteckt hat, und Zwei, denen miteinander wohl geworden ist, sehen sich an.

Doch wozu das Ganze? Weshalb läßt sich Pong, dieser von Natur aus scheue Mann, aus seinem Bau locken? Was will er damit bezwecken? Einen gut gekleideten Herrn vorführen, das möchte er. Das Ebenmaß der Gesichtszüge dieses Herrn, die Untadeligkeit seiner Sitten vor ein allgemeines Publikum bringen, während er bewegungslos dasitzt, das ist der Zweck seiner Geschäftigkeit. Er will den allseits geachteten Herrn geben, bis niemand mehr anders kann, als ihm diesen allseits geachteten Herrn glauben. Eine vornehme Eigenschaft wird an der anderen emporkriechen und dem bald wartenden, bald vorbeilaufenden Publikum einen Probemenschen zeigen, den vornehmsten, den die Welt zur Zeit hat. Das Ich wird dabei in den Hintergrund geschoben, obwohl es auf den ersten Blick so aussehen könnte, als bestünde der Herr im Glashaus nur aus einem einzigen übergroßen, den eigenen Schuhen entlaufenen Ich. Sein Sonnenhaar wird in der allgemeinen Trübsal dieses trübsinnigen Ortes scheinen. Der mißtrauischen Behörde, die den Ort verwaltet und seinem Treiben, besser gesagt, seinem Stillsitzen, mit gemischten Gefühlen entgegensieht, hat er einen überzeugenden Mietpreis für drei Monate im voraus bezahlt.
Welchen Gewinn wird nun das Publikum vom Anblick Pongs nach Hause tragen? Findet es Frieden? Findet es Weisheit? Sein Anblick wird nachwirken, sobald die Menschen zu Hause an ihren Tischen

sitzen. Sie werden sich nicht enthalten können, ihre Oberkörper ein wenig zu straffen, mit geradem Blick durch die Wände ihrer Zimmer hindurch etwas zu erblicken, was keiner ihrer Angehörigen erblickt, die ihrerseits erschrocken auf das verwandelte, in einer ihnen gänzlich unbekannten Haltung dasitzende Familienmitglied starren werden. Und wenn ihre ersten Versuche, Pong nachzuahmen, auch kläglich scheitern, weil in ihren Kehlen ein Kloß aufsteigt, den sie schluckend nicht hinabzwingen können, wodurch ihre edle Pose durcheinandergerät, so ist doch ein solcher Versuch für sich schon viel wert, mehr wert als alles, was diese Unglücklichen früher versucht haben, um ein wenig Glanz auf sich zu ziehen.

So weit sind wir aber noch nicht. Noch ist ja alles Zukunftsmusik. Pong muß erst einmal Tisch, Stuhl und Lampe in sein Glashaus schaffen. Natürlich macht ein Herr, da kann er so gut gekleidet sein wie er will, beim Herumschleppen von Möbeln keinen Eindruck, zumindest nicht den gewünschten. Schwitzend lädt Pong den Tisch ab, rückt ihn ziemlich genau in die Mitte, stellt rechts die Lampe drauf und verbindet sie mit der Steckdose. Schräg zum Tisch bleibt der Stuhl einladend stehen. Zugeschlossen wird die Bude. Pong entfernt sich. Im feierlichen Warten soll sich die Atmosphäre aufladen, soll sich die Luft verjüngen und bereit machen für die wichtige Person, die bald wiederkommt und von der

zum Beispiel abhängt, ob die Magnetausrichtung vom Nord- zum Südpol umspringt oder nicht, ob die Erde in ihrer zittrigen Drehung um die eigene Achse fortfährt oder nicht. Das Weggehen fällt Pong aber nicht leicht, er fürchtet, daß gleich ein falscher Prophet dahergeschossen kommt, das Schloß mit Gewalt erbricht und Hummelideen in seinem Glashaus freisetzt. Oder ein anderer, noch gefährlicherer Prophet gleitet auf die ehrbaren Möbel und verlockt das Publikum mit seinem Schlangenbauch, er denkt da zum Beispiel an Leberpionier Ellwanger oder an den Brennfleckspezialisten Flohr. Die meisten Menschen tragen ihren Kopf wie ein Bollwerk mit sich herum, dabei sind diese Köpfe dünner und durchlässiger gebildet als ein Straußenei, haben aber wieder nicht die Schönheit des Wachteleis. Es ist weiter kein Kunststück, in solche Köpfe die dümmsten Ideen einzublasen, siehe falsche Propheten, Scharlatane und Berufsfanatiker. Auf der Treppe wendet sich Pong um, und seine Sorgen werden kleiner, wie er das Glashaus so friedlich leuchten sieht. Auf seinen wenigen Möbeln lächelt ein bescheidener Unglücksschein. Wir sind, sagen die Möbel, nur für dich da. Wir lassen keinen anderen herein. Geh nur ruhig um deinen Block. Wir warten.
Draußen sucht Pong die heißen Nerven durch Rauchen abzukühlen. Er ist noch viel zu aufgeregt und sieht die Dinge nicht, wie sie sind. Ein schöner Neufundländer, den er von weitem erkannt haben will,

entpuppt sich als Schornsteinfeger, der sich nach dem Gerät bückt und ihm den Hintern hinstreckt. Er muß laufen und laufen, damit seine Sinne wieder in Ordnung kommen, die Angst schwindet, das Gehirn, gut und weich, ist ja zu allem zu gebrauchen, wenn erst die Schritte vom Hasentempo in normales Tempo fallen, wenn erst das Herz schlägt wie bei einem General, der dem Schicksal zum Trotz eine Million Mann in die Schlacht schickt.
Nach sieben ausgetretenen Zigarettenstummeln und vier Runden um den Block ist aus Pong wieder ein Mann geworden. Kopf hoch, kann er sich befehlen, und den Kopf auch oben halten. Langsam geht er auf den U-Bahnhof zu, steigt die Treppe hinunter, Arme locker, aber nicht weit ausschwingend, der Blick streng, aber nicht versteint, die Miene huldvoll, obwohl ihm bis jetzt keiner huldigt. Ärgerlich, daß er vergessen hat, einen Diener zu besorgen, der das Gehäus aufsperrt und ihm den Stuhl beim Platznehmen unterschiebt. Ein Streifen Wasser bildet sich über den Augenbrauen, trocknet aber schnell weg. Bald hat er eine Position gefunden, die ihm erlaubt, stundenlang konzentriert zu sitzen, Beine parallel, die Füße minimal einwärts gebogen, gewaschene Füße, gesalbte Füße, von luftigem Magdalenenhaar trockengewischte Füße, jetzt in Socken und Lederschuhen. Pong sitzt. Wo andere herumhampeln, sitzt er fachmännisch. Wo andere nach Luft schnappen, atmet er ruhig. Wo anderen der

Blick verrutscht, heftet er ihn auf die Schleier der Weisheit. Wo andere in Verdacht geraten, daß sie schwach im Kopf sind, glaubt man ihm das Phänomen. Gleich wird er anfangen zu schweben.
Um 8 Uhr 30 herrscht natürlich Hochbetrieb. Die Züge fahren im 3-Minuten-Takt ein und aus, die Menschen verschwinden darin im Pulk und quellen in solchen Mengen heraus, daß nur hie und da Blicke auf Pong geworfen werden, keine guten, keine bösen, keine übermäßig verwunderten.
Pongs Sinneszellen vernehmen via Knochen- und Luftleitung das Herannahen der Züge, ihren Türmechanismus, auch das Getrappel der Menschen, die Lautsprecheransagen, noch durch hundert Glaswände hindurch das Gekreisch eines Säuglings, aber seine Klause dämpft die Geräusche, die Töne schlagen in sanften Wellen an seinen Körper. Genauso ergeht es ihm mit dem Anblick der Menschen. Aus den Augenwinkeln erfaßt er figürliche Schemen, er merkt die vorbeistreichende Bewegung der Menge, nicht den Mann mit fahler Haut, nicht die Frau mit zu dünnem Haar, zumal der Kontakt von Aug zu Aug nicht erwünscht ist, das verbietet ihm seine Mission. So kommt es, daß er in dem Gewoge andere Vorstellungen faßt, die langsam sein Gehäus in Fahrt bringen, es auf die Schiene legen, und hopp geht die flotte Fahrt tunnelein erdein ins Große Bergwerk, wo nur der Fahrtwind weht, wo die wilde Welt vom Fenster wegrast, Pilze und Erze, Pfosten

und Seile, blinde Wälder, Adversariusmelder und die Nester glückloser Schatten. Reglos hält der Kopf vom Grubenhund ein Weilchen mit. Pong wird zu einem Nickerchen verlockt, schon wird die Fahrt ruhiger, und die leichten Völker der Schemen, schlapp und schlenkerig, wallen an ihm vorüber. Ihre spinnwebzarten Schatten, wo nehmen sie bloß die Kraft her, ziehen seine Seele vom eigenen Fleisch ab, und aus der Leere seines Gemüts, nicht abzusehen wozu gut, gewinnt Pong die Sicht auf sich selbst.

Von außen wohlgemerkt. Sogar von außerhalb seines Glaskastens, aus der Luft, aus etwa fünf Metern Höhe nahe bei der Stationsuhr. Diese sonderbare Sicht, nicht zu verwechseln mit so läppischen Selbstfängern wie Spieglein und Photo, ist sonst keinem Menschen vergönnt. Warum ist sie Pong vergönnt? Weil seine Seele, angetan mit dünnem Augenkleid, sich schon mal zur Probe selbst vorausschickt, die Wege durch Mund und Nasenlöcher erkundet und Pong verlassend ein Bild von ihm einfängt und mit demselben in ihn zurückkehrt. Pong kann sich jedenfalls nicht genug wundern über das, was er zu sehen bekommt. Ist das überhaupt ein Mann, der da reglos im Glashaus sitzt? Ja und nein. Ja, es ist ein Mann. Nein, es ist wieder keiner. Ja, weil er für das gemeine Auge aussieht wie ein Mann. Nein, weil das unbestechliche Auge erkennt, daß da kein Mensch sitzt, sondern ein leibgewordenes

Gewissen. Kein beliebiges Gewissen, das aus jedem Bösen noch was Gutes zieht, sondern ein Triumphgewissen, delikat, sublim, jede Masche ein kleines Halsgericht, in dem sich noch die schlüpfrigsten Ausreden verfangen. Es langt natürlich weit über den Platz, den die Kleidung dem Körper läßt, hinaus und ist im Schädelgewölbe oder dem Luftraum, den der Hut umfängt, nicht unterzubringen. Glück zu diesem Gewissen! möchte man dem Besitzer eines solchen Gebildes zurufen. Aber nein. Der Besitzer ist verzagt. Daß alles an ihm groß, streng, genau sein soll, hat er zwar geahnt, aber nicht gewußt. Diese Last wird ihm zu schwer. Mit den Kräften, sie zu heben, ist er nicht ausgestattet. Er wäre lieber schmutzig und schmackhaft wie ein gewöhnlicher Mensch und würde sich nur allzu gern mit dem üblichen Wutgesicht unter schmutzigen schmackhaften Menschen tummeln. Gut wäre das, hundertmal gut. Er würde sich nicht kennen. Hätte ein Gewissen leicht wie eine Feder. Würde sein Gewissen irgendwann vergessen. Leider hat man es anders gewollt. Pong wurde nicht wie die anderen auf die Erde gekippt, er kann nicht, schwere Not hin, schwere Not her, wegwitschen wie ein Salamanderchen. Von weit her führt alles auf ihn zu, ist ihm alles bestimmt. Das Ur-Nein hat sich losgerissen, hat die Paradiessiegel zerbrochen, nur wenige Arglose mit seinem Kuß verschont, ist durch die Welt gewandert als böse knatternde Fahne und wohnt jetzt in Pong.

Ob es nützt, wenn er einen schützenden Kreis um sich zieht und den Kopf hängen läßt, bis sich der Blick auf ihn selbst wieder trübt? Seufzer schlüpfen zwischen seinen Lippen durch. Taghell ist's in seinem Kasten. Vor ihm die Aufgabe. Liebe Erzgestalt, alles füllt sich mit Menschen, als wären es Käfer, du bist der Amtmann. Werde nicht vor der Zeit müd und zanke nicht zuviel mit dir, jage nicht die dürren Blätter, sondern erfülle dein Amt.
Leider haben wir vergessen, uns danach zu erkundigen, wie ein leibgewordenes Gewissen aussieht. Das wird jetzt nachgeholt. Wie sieht es also im Fall Pong aus? Nun, da ist eine Art Hirnwolke um den Mann, mit Fingern nicht zu erwischen. Und dahinter, etwas verdeckt, ist sein Kopf, aber nicht wie hinter einem Lattenverschlag, auch nicht verschluckt, sondern eher von zartem Nebel verhangen wie ein Berggipfel. Wenn es aber zart ist, wo rührt dann seine Strenge her? Kann so ein Gewissen nicht ganz leicht vom Kopf gepustet werden, mit etwas Luft aus Kinderbacken? Nein, unmöglich. Es müßte schon jemand mit einem sehr klugen Messer daherkommen, dann könnte er die Hirnwolke vom Kopf abtrennen. Einen Mordskrach gäbe das! Mit vielfacher Bleischwere, wie ein Gerichtshammer würde das Gewissen niederfallen, und die Antipoden dürften sich beglückwünschen, wenn es bei ihnen nicht wieder zum Vorschein käme. Besser, man läßt die Finger davon.

Zart wirkt das Gewissen nur aus der Ferne. Von nahem zeigt sich ein fester Apparat, in Tarnnebel gehüllt, der die auf Kampf gerichtete Bauweise verschleiert. Läßt man sich durch den Dunst nicht beirren, erkennt man die Raketenköpfe. Ganze Raketenbündel, Hunderte von Raketen eng aneinandergepackt und wie die Nadeln eines Igels nach außen gerichtet. Gewiß sind sie einzeln zu betätigen, auf Kommando aber auch in Staffeln. Gelänge es, an ihnen vorbei ins Innere zu kommen, würde man erst recht staunen über das System der feinen Kanäle, in die Fragen eindringen und aus denen Antworten postwendend herausgeschossen kommen. So genau kann ein Auge natürlich niemals sehen, daß es die mit köstlicher Ideenschärfe formulierten Fragen zu lesen vermöchte. Zu sehen sind nur bläuliche Fäden, die ihre Wege durch das Labyrinth nehmen. Die Antworten sind in der Regel kurz, sie haben kaum die Länge eines Gedankenstrichs, und es gibt sie in zwei Farben: Rot für Nein. Grün für Ja.

Und wozu sind die Raketen gut? Was soll der kriegerische Aufbau? Die Raketen dienen sowohl der Lähmung als auch der Aufstachelung. Bekommt eine Frage ihr endgültiges Nein, wird eine Rakete abgeschossen, die auf das an der Frage beteiligte Körperfeld zielt und es außer Gefecht setzt. Einen Moment lang nur, danach ist das Feld wieder frei und kann tun, was ihm beliebt. Nur bei Pong ist der

Apparat so stark, daß jedes Körperfeld, und sei es das winzigste und sei es das größte und stärkste, vom Gewissen dauerhaft gelähmt werden kann. Umgekehrt gilt: wird eine Frage mit Ja beantwortet, ist dies in der Regel ein Aufruf zum Handeln, und das entsprechende Körperfeld, womöglich der ganze Körper, wird durch Beschuß aus seiner Trägheit gerissen. Bei den meisten Menschen führt dies nur zu einer müden Bewegung, einem Heben der Hand, die gleich wieder sinkt. Nicht so bei Pong. Auf ihn wirkt ein Ja stark. Er kann gar nicht anders, als losstürzen und das Gebot ausführen, selbst auf die Gefahr eines gegen ihn gezückten Messers.
Es ist nicht ausdrücklich gesagt, wer das Richteramt über dem Gewissen ausübt. Pong hat diesbezüglich gewisse Vermutungen, die er aber für sich behält. Ein Schraubstock spielt darin die Hauptrolle. Sobald er aber nur entfernt an diesen Schraubstock denkt, möchte er gleich meilenweit davonschwimmen, und es bricht ihm, wohl um das Meer dafür zu bilden, aus allen Poren Schweiß aus. Ja, sagen wir, die wir im Moment zum Glück keinerlei Angst empfinden, Angst dreht die Flügelmutter der Folterwerkzeuge, in Satzstummel zerhackt sie die Rede, erzeugt einen Knacks im Gebein, macht einen stolzen harten Kack butterweich.
Es dauert eine Weile, bis Pong sich soweit gefangen hat, daß er seinem Gewissen Fragen vorlegen kann. Er möchte den Apparat bei der Arbeit beobachten,

sich von dessen tadellosem Funktionieren überzeugen. Natürlich sind die Augen der Seele nicht imstande, Bilder vom innersten Feinbau des Apparates zu liefern. Eine Antwort, sobald sie heraus ist, wird er allerdings sofort erkennen, Irrtum ausgeschlossen.

Gerne würde er sich an der frischen Luft die Beine vertreten und die Fragen wie Backpfeifen einem anderen verpassen. Geht nicht. Tralala. Selbst sei er der Mann, der sich im Puff bewährt.

Darf man aus der Nase Schorf holen?

Ja.

Wenn die Gefahr besteht, daß jemand dabei hersieht?

Nein. – Lähmung des rechten Daumens und Zeigefingers, die im Begriff sind, den rechten Nasenflügel auszuweiden.

Darf man die Hand auf den Knopf an einer Frauenbluse geben und diesen so lange zwirbeln, bis er ab ist?

Nein. Bei erlaubtem Kesseltreiben Ja. – Eine Affenfrage, vollkommen theoretisch. Niemand in Sicht, über dessen Knopf man sich hermachen könnte. Raketen bleiben in Stellung.

Darf man die Hände auf den Hals eines anderen geben und so lange drücken, bis der Hals ab ist?

Nein. – Raketenstaffel auf alle zehn Fingerspitzen.

Darf man einen Menschen kaltmachen, der einen anderen kaltgemacht hat?

Nein.
Darf man einen Menschen kaltmachen, der zehn andere kaltgemacht hat oder hat kaltmachen lassen? Halten zu Ehren dieser Antwort, daß sie ihr Nein mit letzter Kraft hinhaucht.
Darf man einen Menschen kaltmachen, der hundert andere kaltgemacht hat oder hat kaltmachen lassen? Schwebt über so einem Mann immer noch das Zeichen, das man ihn nicht hinmachen darf, ripsraps? Antwort unhörbar.
Darf man einen Menschen kaltmachen, der tausend andere kaltgemacht hat oder hat kaltmachen lassen? Antwort scheint irgendwo auf ihrem Wege festgeklebt. Mach alles wohl zurecht, heißt es da, und warte. Wolken fahren durch die ganze Welt und tun, was ER ihnen heißt. Schlafen könnte man inzwischen wie ein im Bett vergrabener Dackel. Wo in der Mathematik die Schwierigkeit steckt, finden wir weder im Wachen noch bei geschlossenen Augen heraus. Manch einer wird jetzt den Kopf aus seiner asiatischen Gelehrsamkeit heben und lächeln, uns einfach ein wenig anlächeln. Wir wollen aber nicht, daß um uns herum so anhaltend gelächelt wird. Uns verlangt jetzt herzlich danach, Pong wieder aufzusuchen. Uns verlangt auch herzlich danach, jeden zu schlagen, der unseren Weg kreuzt. Von hochgelegenen Raubnestern stoßen wir auf kleines Kroppzeug nieder. Uns verdorrt die Hand nicht. Rufe der Gottseligkeit hören wir nicht. Allanblickend sehen wir

nichts. Unser Herz ein zugenähter Sack. Sind so und wollen es so. O recht, das haben wir nun davon.

Zurück zu den Schriften

Hier bin ich! ruft Pong, obwohl er in seinem beleuchteten Glashaus sichtbar ist wie niemand sonst. Selbst zu vorgerückter Stunde, es ist jetzt 9 Uhr 48, lümmelt er nicht auf seinem Stuhl herum, sondern sitzt in der anfangs eingenommenen Position korrekt. Weil die Züge nicht mehr in so kurzen Abständen einfahren und weniger Menschen die Sekunden mit ihren Fußspitzen vorankicken, schenkt man Pong etwas von seiner Aufmerksamkeit. Eine Frau mit Einkaufstüten findet ihn so bemerkenswert, daß sie zweimal das Glashaus umrundet und den Mann darin gewissenhaft mustert. Ein Säugling, der an einem Stück Brot kaut, strebt vom Arm der Mutter weg und patscht mit der freien Hand gegen die Scheibe. Obwohl das ein Geschmier gibt, und Pong Geschmier haßt, sagt er Piep, immer wieder Piep zu dem Kind, das ihn nicht hören kann. Ein Kerl pflanzt sich vor Pongs Frontseite auf, kaut mit harten Muskeln seinen Gummi und dreht ab. Aus der Ferne betrachten ihn zwei Männer auf Patrouille, ebenso ihr Hund. Wie ein angejahrter Penner die Zeitung grüßend gegen ihn hebt, fährt das Glück wie ein Beilhieb in Pong. Zeugen, frohlockt er, die ersten gewonnenen Zeugen! Es ist ihm fast tänzerisch zumute, Hochwasser in seinem Kopf, wie Korkhölzchen kommen die Ideen angeschwommen. Sieben fette Kühe steigen aus dem Nilschlamm. Diese Zeugen werden es anderen Zeugen erzählen, ihren Müttern, ihren Tanten, ihren Vettern, es zündet eine Fackel die nächste an, im Nu lebt Pong in 500 Köpfen und kann mit seinen Ideen losknattern. Natürlich befindet sich unter den ersten Zeugen jede Sorte Mensch, beide Geschlechter, jedes Alter, die verschiedensten Geistesgaben sind vertreten, und er muß sich lauter Rätsel ausdenken, die er den Zeugen zu knacken aufgibt. In des Rätsels Kern hockt natürlich jedesmal Pong, lacht und klatscht in die Hände. Er wundert aber nicht wie ein Anfänger im Ungefähren herum, sondern macht sich gleich an das Wunder aller Wunder: die Selbstaufzüngelung in hundert Formen und Farben, in Blendreizen und Flammen, Cogitozeichen und Liebesspott, mal mit leichter Hand hingestreut, mal mit schwerer Hand hingehauen. Dem Holzhacker springt er als nicht zu erwischendes Scheit vom Hackklotz; im frischgeschneiderten Flammenkostüm erscheint er dem Rosenzüchter in einer Knospe; dem armen Flaschengucker rinnt er als glühender Tropfen die Kehle hinab; dem Bräutigam fällt er als verdorbener Schnee von den Schläfen; die Vasenliebhaberin guckt er in Gestalt ihrer Lieblingsvase immerzu an; dem Sportlerpaar verwahrt er Hände und Füße im Nachtkasten; ein Wink, und der Nudelköchin laufen die Nudeln durchs Sieb, das Kochwasser aber nicht; der Greisin wächst ein eisernes Haar auf ihrem Kinn und sticht, der Freiheit zulieb, den habgierigen Erben tot.

Das sind die Kunststücke Pongs, und noch längst nicht alle, und eher noch solche von der harmlosen Sorte. In liebreicher Verwandlung irrlichtert er zwischen den Zeugen und treibt sie in heilsame Verzweiflung, er bringt sie dazu, aus ihrem gehabten Leben auszuwandern und drei Schritt neben dem gewohnten Pfad zu gehen. Vielleicht hat er auch Flügel oder ein enormes Gewand, das sich wie Flügel bauscht, und auf dem Saum dieses Gewandes sitzen die Zeugen und fliegen mit ihm in eine unbekannte ornamentreiche Welt. Eins ist gewiß: Allein Pong findet den Ausschlupf aus der herrschenden Ödnis, die mit widerlichen Sätzen zugedeckt ist, weil in ihr keine Formen mehr aufgespart sind, aus denen Wesen mit Kronen schlüpfen könnten.

Halt. So nicht. Pfui, wohin hat er sich schon wieder verlaufen. Nichts ist erreicht. Kein Zeuge belehrt. Kein Loch in den Himmel gehackt. Zwar leuchtet das Glashaus unerbittlich dank der Neonleuchten

an der Decke, er aber leuchtet nicht. Konzentriere er sich bitte auf seine Aufgabe und nehme nicht vorweg, wovon nicht einmal ein fingernageldünnes Stück verwirklicht ist. Schreibe er sich hinter seine Ohren: Ich denke zu wild und bewirke zu wenig. Außerdem sind da Fehler. Gewaltige Fehler! Was soll der bürgerliche Aufzug? Der eingedellte Hut? Die blank polierten Schuhe? Das gestärkte, von keinem Knitter verunzierte Hemd? Erkenne er, daß es Bürger zuhauf schon gab, obwohl es sie jetzt kaum noch gibt. Als es sie zuhauf noch gab, was geschah? Das Land ist zwischen ihren manikürten Fingern verrottet. Also gibt er, indem er verzweifelt das Bürgerchen spielt, sich die falsche Mühe. Zweitausend Jahre zurück bitte, wo noch kein moderner Bürger war, und noch einmal frisch aus den Testamenten geschöpft! Mal gucken, was da versäumt wurde.
Ob er zu Recht zur Rede gestellt wird? Pong muß für einen Moment die Augen schließen, um alles zu prüfen. Die Fingerspitzen klopfen einen hitzigen Takt auf die Tischplatte. Wirrsal und Trubel. Reue, Widerruf, Zorn. Umsonst das Feldgeschrei erhoben. Bitte einen Hammer, bitte einen Nagel, damit wenigstens ein Gedanke sicher eingeschlagen werden kann. Man haue ihn anschließend in Stücke, dann ist Ruh. Pong wirft den Zeugen, die sich von ihm abgekehrt haben, beschämte Blicke hinterdrein. Schon überlegt er, wie ein Desertieren möglichst unauffällig zu bewerkstelligen sei. Es muß gewartet

werden, bis die Züge von beiden Seiten gleichzeitig einfahren und alle Mann mit dem Ein- und Aussteigen beschäftigt sind. Wie ein Dieb löscht er das Licht, sperrt ab und mischt sich unter die Passanten. Ausnahmsweise verzichtet er darauf, den Boden die Schritte eines Herrn spüren zu lassen.

Draußen wird ihm wohler. Mit den ersten Zügen der Zigarette kehrt der Mut zurück. Die Stirn noch naß und fahl, die Wangen schon wieder rosig. Auf den Stufen zum Gymnasium läuft eine Maus. Vorläufig das Schönste, was die Welt zu bieten hat. Eine junge Maus, gut und erfreulich. Pong möchte sich zu ihr herabbeugen, ihr den Bauch kraulen, vielleicht läuft sie sein Bein hoch und nimmt Wohnung in einer der Hosentaschen. Seine Finger werden im Mausfell schwelgen, er wird die Kleine manchmal herausnehmen und sich an ihr sattsehen. In Glaubensdingen bleibt sie natürlich frei. Einmal wird er sie packen und ungestüm küssen, soll sie im Sturm ruhig nach ihm schnappen. Man will, daß es so kommt. Will es für Pong, und weil beim Anblick ungewohnter Zweisamkeit sich der gewisse Vorgeschmack einstellt von Auen. Es kommt aber anders. Ein Pfiff. Maus weg. Pong sieht sich nach dem Hinderer um, der ihm in die Wünsche gefallen ist. Niemand da. Was noch kein Beweis ist.

Wenig später marschiert er den Hohenzollerndamm südwärts. Marschiert? So lala, aus dem Ruder, Schraubenschlüssel in die Maschine geworfen.

Nicht nett, wie das linke Bein zu kurze Schritte macht, während sich das rechte um normales Schrittmaß müht. Plötzlich tut linkes Bein wie immer, aber rechter Fuß biegt sich komisch nach innen wie Klaue. Entknotete Arme hängen mal schlaff, mal halbhoch als Segel, Vogelboten, Winker. Dazwischen Befehle. Hände zurück an die Hosennaht. Auch dem Hut ist nicht zu trauen. Hebt sich bisweilen pneumatisch, um Dampf abzulassen. Rutscht tief in die Stirn, macht einen Schwindler aus Pong. 70 Mienen fahren wie Aprilwetter über sein Gesicht, die Mienen der 70 Köpfe der Söhne Ahabs in Körben, lauernde Mienen mit zuckender Lippe, verschlagene, finstere Mienen, allein 10 verschiedene Durchtriebenheitsmienen zu Geld, Sippe, Weib, Waffe, Macht, aber auch Jubelmienen und Benjamin-guckt-so-lieb und Feucht-mein-Aug und Weich-mein-Herz, fahret säuberlich mit meinen Feinden, zarte Mienen, kalte Mienen, Drallewatsch- und Tölpelmienen, die übertriebene Zerstreutheitsmiene, das ewiggleiche Naturburschengesicht und immer wieder die Schläue auf geschmeidigem Hals und Pongs Unschuld auf zu lockerem Hals. Wenn er starr guckt, innehält, Eule oder den Falken spielt, kreuzen angeblich Flamingoküken seinen Weg. Oder Schlangen? Welche Worte dabei aus seinem Mund zischen und welche er gerade noch zurückhalten kann, ist nicht bekannt.
Am Ende des ewig langen Hohenzollerndamms

läuft er wieder normal, ein milder Herr in Mantel und Hut, der sich in die Seitenstraßen schlägt, um endlich heimzukommen. Später September liegt auf dem Weg, die ersten Ahornpropeller trudeln herab. Vom kräftigen Himmel, von letzter Wärme verlockt, geben die Wespen äußerste Proben ihrer Impertinenz, überfallen die Bäcker, überfallen den Gehweg, ihr Böses immer hin und her. Ein Weltrekord an Gelbreflexen. Sind mit Gabeln nicht totzustechen, können nicht fortgeweht werden. Bestehen nicht aus Blut. Über sich selbst sind sie nicht unterrichtet, trotzdem macht sich der Mensch vor ihnen lächerlich mit seinem Gefuchtel. Pong begreift nicht, warum solchen Wesen erlaubt ist, ihre Familien hochzubringen. Ihnen wird ausgewichen, zur Not auch paar Schritte gerannt, dann Gartentür auf, Gartentür zu, Haustür auf, Haustür zu, Hut auf die Ständerkugel, Mantel weggehängt, Schuhe aus, Hosen aus, Jacke aus, Socken aus. Bett.

Ahhhh, da liegt er wie erschossen. Wälzt sich kaum einmal herum. Erholt sich zehn Tage und ebensoviel Nächte von der erlittenen Schmach. Verläßt kaum das Bett, ißt im Bett, denkt im Bett, schläft. Lasten alle in der Schwebe, man weiß nicht, von wem gehalten. Die Botschaften an den Magen heißen: dünner Tee, Wasser, Zwieback, zerdrückte Banane, Häuflein Haferflocken in der Früh. Hingabe letzter Schätze, die in der Küche vorrätig sind. Doch selbst in seinem Haus, über das Pong normalerweise

mühelos befiehlt, kommt es zu Störungen. Späte Mücken treiben herum. Sitzen auf erhöhtem Beobachtungsposten, um nachts, sobald sein Atem ruhig strömt, Blut von ihm zu zapfen. Aus großer Mattigkeit heraus wehrt Pong ihnen nicht. Statt dessen richtet er Ermahnungen an seinen Magen. Genüge dir selbst, sagt er zu ihm, wenn du nicht Gefahr laufen willst, daß man dich eines Tages, ohne sich um deine Beschwerden zu kümmern, einfach herausschneidet und fortwirft. Du bekommst jetzt keinen Brotlaib frisch aus dem Ofen. Etwas Milch will ich dir noch bewilligen, dann aber gib Ruh.
Mehrere Morgen ziehen vorüber, langen mit nebligen Fingern um die Hausecken, bis sich Flecken grausamen Blaus ausbreiten und sie verjagen. Wundersamerweise befindet sich Pong in der Wüste, und wundersamerweise ist diese Wüste mit Büchern bedeckt. Überall liegen sie aufgeschlagen herum. Zwischen ihnen umhergehend, sie ins Bett oder aufs Klo schleppend, studiert Pong. Studiert, indem er mit dem Zeigefinger in ein Buch fährt, einen Packen Seiten umschlägt, per Blitzaufnahme einen Satz sich in den Kopf brennt, sodann ein anderes Buch aufsucht und mit diesem ebenso verfährt. Was hängt da nicht alles zusammen, wo er bisher keinerlei Zusammenhang vermutet hat. Die hintereinander gebrannten Sätze stemmen sich wolkenkratzerhaft in die Höh, rühren am Himmel, schwenken Fahnen, geben sich als Familien zu erkennen und fordern

rücksichtslos ihren Teil. Pong merkt natürlich schnell, daß es sich hier um verkappte Genealogien handelt. Wieder Leiber, wieder Haar, wieder Hände. Finger- und Zehennägel, die weiterwachsen. Pong guckt scharf hin, ob er irgendwo dazwischen kann. Er will herausbekommen, wie man die Genealogie von rückwärts wegmacht, also von hinten verfolgt und im Verfolgen auslöscht. Ein Verschwindenlassen ist gemeint, um weiße Flächen zu gewinnen. Das klingt einfach, ist es aber nicht und will vor allem gelernt sein. Man muß nämlich herausfinden, wo die Genealogie einen Knick macht, nur da kann man in sie hineintreten und die Chronik nach eigenen Wünschen freiräumen. Wie viele sind da entbehrlich! Die Nachfolger, obwohl schon tot, aber in den Nachfolgern der Nachfolger natürlich aktiv mit gierigen Armen und Mäulern, mit Hacken, Stechen, Schlagen, Beißen, Kampf um die Erbswurst, werden von der Tafel gewischt und fallen aus der Reihe. Nicht mehr da. Eine neue Methode: Einfach nicht mehr da. Aber keiner hat sich aufgemacht, sie zu erschlagen. Niemandem wurde ein Haar gekrümmt, Vorwürfe braucht sich Pong keine anzuhören. Mit einem Schlag die Hohenzollern vernichtet. Die Wittelsbacher? Ihr Hab und Gut, alles was sie berührt, einfach weg, ihre Häuser, ihre Möbel, ihre Enkel, all die Gouvernanten, Neffen, Tennislehrer, Schoßhunde, Porzellanaffen, Reitpferde, Gärtner, Prediger, Bastarde und falschen Kaiser.

Ihre Wachsköpfe geschmolzen, alle Standbilder versunken, die Reden zu einem harthörigen Stern geschickt. Noch wer von ihnen da? Niemand mehr da. Nicht einmal Gräber, und keine andächtigen Erben, sie aus der Erinnerung hervorzukramen.
Nachts arbeitet das Problem in Pong fort. Es treten Zellen in seinen Traum, die es nicht lassen können, ein Fortpflanzungstheater aufzuführen, damit er gewarnt bleibt, damit er im Detail studieren kann, wie sie es machen. Manche Zellen treiben Ausbuchtungen hervor, andere formen Höhlen. Ab da Gewimmel. Erfahrungsgemäß ist dies der Zeitpunkt, wo er einen bedeutsamen Hinweis empfängt.
Auf sein Mädchen mit Namen Evmarie wird hingewiesen, das sich für ihn aufgespart haben soll. Wie Eiderdaunenflocken schwebt es herbei und setzt sich auf einen Stuhl. Anscheinend hat man ihm von Kindesbeinen an eingeschärft, daß nur dieses eine Mädchen für ihn in Frage komme. Aber erst, wenn sein Benehmen weniger auffällig sei und er das Wartegeld gezahlt habe. Einstweilen wächst das Mädchen unter einer bösen Lampe auf, die kaltes Licht spendet. Es sitzt unter dem Schirm mit verfitzten Zöpfen, sitzt da in seinen Lumpen, dem blaugrau gemusterten Kleid, der langen Baumwollhose darunter, das Gesicht schön anzusehen, aber die Augen leer, mit dem Ausdruck der töricht Entrückten. Seine Beschäftigung besteht darin, auf einem Stühlchen zu sitzen und mit der Eierharfe ein

Ei in Scheiben zu schneiden, das auf nicht ganz geklärte Weise immer wieder zusammenwächst und sich in eine neue Schale hüllt, damit das Mädchen es schälen und wieder zerteilen kann.
Schonungsbedürftig wie er zur Zeit ist, verlangt man von ihm gottlob nicht, daß er das Mädchen gleich erwirbt. Tagsüber läßt man die Sache ganz auf sich beruhen, damit Pong mit frischen Kräften sein Studium wieder aufnehmen kann. Wie er in genialischer Reizbarkeit Texte verbindet, dabei mit den Füßen scharrt, sein Temperament in rennpferdhaftem Schnauben hervorbricht – wer ihn so sähe, erkennte in all dem Flattern, dem Wangenglühn, dem ruckhaften Werfen der Haare einen Hexer, wild, die Fäuste hart, tobend über noch nicht vergossenem Blut. Die Zweideutigkeit der Testamente ärgert diesen Jüngling. Hochfahrend und reich an Menetekeln, betrübt ihn das Alte, ohne daß die zittrige Selbstgewißheit des Neuen ihn freuen könnte. Was lebt zwischen dem Gesetz und der Gnade? Sonne, Mond und Sterne sind erst gehorsam und kommen dann ab von ihrer Bahn. Gott liegt im Streit mit sich selbst. Ob er überhaupt weiß, was er will? Mache er sich bitte andere göttliche Wesen, um ein bißchen Gesellschaft zu haben. Eine Frau mit zehn Meter langem Haar zum Beispiel, oder ein Rudel ihm schmeichelnder Tiere, das sich schweigend erhebt und mit ihm geht, ihre Felle in sanften Wellen um ihn gelagert, wenn er zur Ruhe kommt.

Statt dessen macht er sich einen Menschen aus Kot zurecht, viel kleiner als er selbst, in seiner Notdurft zum Lachen. Ein Liliputaner von zweifelhaftem Charakter, der in Schande leben muß. Kommt im Totenhemdchen zur Welt, stirbt unterwegs fast vor Müdigkeit, hat schlechte Zähne, Herzklopfen in der einsamen Nacht. Ist als ein Bild gedacht und begibt sich unverzüglich daran, eigene Bilder zu machen, was vorauszusehen war. Widerruf folgt auf Widerruf, weil IHN bald reut, was ER gemacht hat. Bekanntlich folgt dann die Strafe. Nur die Betrüger werden nicht bestraft. Jacob darf den Segen erschleichen und sich aus allem herauswinden. Niemand da, der den Segen wieder von ihm abbisse. Der ihn in die Wüste hinaustriebe ohne Verheißung. Pong vertieft sich hier in einen Brunnen voller Probleme, auf dessen Grund mit unwahrscheinlich leisen Stimmen gesprochen wird. Er will dem Gewisper ein Ende machen, einen Stein zwischen die Testamente werfen.

Wieder taucht das Mädchen auf, das anscheinend irgendwo auf ihn wartet, wahrscheinlich ist sie aus einem Teil von ihm gemacht, aus einem Läppchen seiner Reißhaut oder einem Knöchelchen vom Knie. Wartet wer weiß wo. Und er bummelt bis in alle Ewigkeit herum, sein Geist plätschert in einem Kindersee. Anstatt aus dem Wald hervorzubrechen wie ein Wolf. Kopf voran, o Herze mein, so hell, so hell. Das Wild erjagen, es mit langen Zähnen in die Höh-

le schleppen und ein Königreich mit ihm begründen. Und nicht vergessen, die Botschafter auszusenden, die alles bestätigen.
Koseworte hingehaucht, Küsse fliehen von seinen Fingerenden, er hat sie lieb, ist hold und schwach und selber lieb. Wie eine Wolke umhüllt er ihre Ferse. Sein Geist zerflattert an der dünnen Luft, wenn sie sachte seinen Kopf in ihre Eierharfe legt. Manchmal reißt sie ihn aus dem Fluß der Gedanken ganz zu sich.

Ein Mädchen schmal und scheu

Am elften Tag treibt ihn der Hunger, dieser ewige Fehler am Menschen, aus dem Bett. Sobald mit der Nahrung genügend Wärme und Kraft in ihn geflossen ist, kann er wieder in seinem Glashaus Posto fassen. Besser ausgerüstet als das vorige Mal, weil mit einem Gerät versehen, das ihn vor abwegigen Ideen schützt und zugleich seine Kampflust steigert. Unbekümmert darf Pong den Hals in die Höhe recken, alles, was ihm in den Kopf kommt, wurde kontrolliert, bis es zu ihm hinein durfte, mußte ge-

wisse Wächter passieren, die ihn schärfer bewachen, als zum Beispiel der amerikanische Präsident bewacht wird. Den Gedanken ist nicht mehr erlaubt, wie Schurken in Handschuhen und frechen Hüten vor ihm auf und ab zu spazieren, das ist vorbei.
Ein Gerät? Jawohl. Ein Widerstandskasten der Marke Siemens von 1881, auch genannt Stöpselrheostat, von Pong in seiner Bedeutung sofort erkannt und auch namentlich der korrekten Bestimmung zugeführt: *Stöpseltheostat*, wie er ab jetzt und für die Ewigkeit heißt. Im Bauch verborgene Drahtspulen sind an Messingstücke geheftet, die oben auf dem Kasten mit geringem Zwischenraum voneinander montiert sind. Diese Messingstücke haben Ausbohrungen, wo hinein konische Stöpsel gesteckt werden können, so man Verbindungen zwischen ihnen will, die als rasche Strombrücken funktionieren. Rasch, weil der Strom dann mit der bequemeren Fahrrinne vorliebnimmt und nicht erst durch das Drahtgeschlängel laufen muß. Was das für herrliche Stöpsel sind! Aus Messing ihre Schäfte, die Griffe aus nicht leitendem, vulkanisiertem Kautschuk. Schwarz. Wie leicht können damit Verbindungen hergestellt und auch wieder unterbrochen werden. Wird der eine oder andere Stöpsel aus der zylindrischen Bohrung entfernt, muß der Strom durch die Spiralen, und beliebige Widerstände von 1 bis 1000 Siemens-Einheiten können in den Stromkreis eingeschaltet werden.

Eine unnatürlich hohe Stimme meldet sich: Unfug, sagt sie, mehrmals hintereinander: Unfug! Knapp hinter seinem Kopf wird gesprochen, dreht er sich um – keiner da –, aber diese gehässige Stimme gehört dem Adversarius, weibisch klingt sie, und dieser Weibmann kann nur der Adversarius sein, der ihn vor einem riesigen Auditorium verspottet, das weiß Pong mit Bestimmtheit. Die Stimme spricht nämlich nicht nur zu ihm, sie spricht zu Tausenden von Menschen, die gerade ein Telephon an ihr Ohr halten oder in Reichweite eines öffentlichen Lautsprechers stehen, und sie verfolgt nur den einen Zweck – Pong lächerlich zu machen. Alles vergeblich und unerheblich, tönt sie, hier will uns einer mit Schamanenspielen, die er dem alten Mesmer abgeguckt hat, aus der Reserve locken. Pong pöngelt wieder mal herum ohne viel Sinn und Zweck. Wir wissen längst, daß er nicht alle Tassen im Schrank hat, zum Beispiel heimlich eine Literflasche Coca-Cola in sich hineingurgelt, ohne abzusetzen. Ein schlagender Beweis, daß der Mann verrückt ist.
Er darf sich durch solche Anwürfe nicht aus dem Konzept bringen lassen, Ruhe bewahren ist die erste Bürgerpflicht. Alles weitere wird sich finden. Gut vorbereitet ist Pong in seinem Brutkasten, besser als das vorige Mal, das müßte sogar der Adversarius zugeben. Sorgfältig hat er von den Messingstücken und ebenso von den Stöpseln alle Schmutzsprengsel weggerieben. Das ist aber nicht

das Wesentliche. Es wurden die Widerstände und Verbindungen ja nicht um ihrer selbst willen hier hereingeschleppt, die Nutzanwendung ist der Kasus Knaxus, besonders die zweckverwandelnde, welche Pong erfunden hat.

Was keiner so leicht wagt, hat er gewagt, nämlich den schwarzen Stoff von den Schmalseiten der Bundeslade gelöst, aus ihrem Bauch Drähte herausgewickelt und damit zwei Bücher verdrahtet, durch die der Strom nun gegen vielfache Blockadekraft anschwimmen muß. Welche Bücher? Natürlich ein Neues und ein Altes Testament. Gesondert voneinander, versteht sich. Links das Alte, rechts das Neue, in der Mitte der Kasten.

Sapperlot, er hat ...? Jawohl, hinter den Vorhang geschaut. Und ...? Lebt noch, Adversarius hin oder her, er lebt kraft seiner Kühnheit, die ihn zu Taten befähigt, vor denen andere schon zurückschrecken, noch bevor sie sich 10 Prozent davon ausgedacht haben.

Zwitschern, Reden, Zwitschern, Reden, Stille von Buch zu Buch. Und ein böser Fluch, der von einem zum andern wandert. Es gibt eigentlich nichts, was sie einander zu sagen hätten. Beide wissen genau, daß nüchtern betrachtet nicht viel von ihnen übrigbleibt. Bücherlachen glockenhell, das sich in Pong fortsetzt. Rennende Bildchen von Charlton Heston als Moses, jede Menge Bärte, Schmierfett, Armreifen, Lehmbackstellen, Wasserkrüge. Sehr für sich ein schwarzes Rad. Rote Berge erheben sich in unbekannte Höhen. Brennendes Wüstengras fliegt umher. Fürchterliche Fischgeschichten hüben wie drüben. Aus Schnäbeln fällt bißchen Fraß zu Prophezeiungszwecken. Schatten, von denen nicht bekannt ist, wen sie vertreten, wüten hinter Säulen. Verfeindete Propheten laufen Rücken an Rücken mit zusammengeflochtenen Zöpfen. Gezerre um irgendwo aufgegabelte Frauen. Häute auf einem Häutehaufen. Gönnerhaftes Beklopfen der Schultern aller am Werk beteiligten Männer. Judas Ischariot wird im Bollerwagen hereingezogen und von allen bestaunt. Laß doch das Verraten sein, sagt man und wiegt mitleidig den Kopf. Geht leider nicht, sagt der magere hochbeinige Mann und richtet sich in seinem Wägelchen auf. Pong soll prüfen, ob alles noch zu einem guten Ende kommen kann. Weg mit euch, befiehlt er den geborenen Geschichtenerzählern, die bloß drauf lauern, wie sie einen Faden in die Hand kriegen, an den sie anknüpfen könnten, um ihre Muster wieder in der gewohnten Scheußlichkeit auszubreiten. Grobe Worte reichen nicht, um sie vom Platz zu schaffen. Pong muß sie wegdrängen mit Hilfe von Drahtschlingen, die er an heiklen Stellen für die bösen Männer auslegt, böse sein und mit rauhen Stimmbändern das Böse in die Welt hinauserzählen, ist überhaupt ihre Spezialität. Um den Garten Gethsemane legt er so eine Schlinge und jagt den Strom durch, es kommen ihm aber gleich noch hundert andere Stellen in den Sinn, wo er sich einschalten müßte.

Wenn die Geschichtenerzähler dann mit hängendem Unterkiefer und angeschmortem Zahnfleisch herumliegen, weil sie sich zu nah an die umdrahteten Gebiete herangemacht haben, wird man Pong gratulieren, der, kalt wie ein Frosch, keine Opfer scheute, um ein Ergebnis zu erzielen, auf das keiner mehr zu hoffen wagte.

Merkwürdig, er spürt mit einem Mal Herzbeklemmung. Schlimm, wirklich schlimm, warum nur die Liebe, die sonst von einem Menschen zum andern wandert, an ihm immer vorübergeht. Jesusmaria, hätte ihn doch jemand lieb wie ein nicht ganz geglücktes Kind, das wenigstens von seinen Eltern geliebt wird.

Warum muß er eine Scheußlichkeit nach der anderen ausbrüten.

Angespannt, viel zu angespannt ist er, und immer auf viel zu viel gefaßt. Anscheinend durch keinerlei Interessen mit der Außenwelt verbunden, und doch heiß an der Scheibe hängend, gierig auf alles und jeden. Zuviel ersterbendes Gelächter um ihn. Sein ganzes Hirn steckt in einer Plastiktüte. Am liebsten würde er mit einer starken Düse auf sein Gehäus zielen und es schwarz zumalen. Unter tadellos freiem Himmel nähme er dann endlich das Wesen an, das er immer hatte sein wollen. Flöge auf eigenem glattgebürstetem Haar schräg nach oben.

Mißlungen, seine Mission ist gründlich mißlungen. Am Schwarm der porzellankühlen Gedanken, die über seinem Kopf surren wie eine heilige Rotorscheibe, ist alle Liebe zerschellt.
Uhrenrasen, Scharfrichter ihre geräuschlosen Zeiger, auch die Herzen rasen mit. Porenernährung durch das Universum. Nacht, schon später als drei. U-Bahnhof zugesperrt, alles dunkel, nur das Glashaus leuchtet. Keine Fahrgäste mehr da. Paar Pflichten schweben noch an der Decke, die es versäumt haben, sich an richtige Menschen zu hängen.
Die Pflicht, sich ein allzu ungestümes Vorwärtsdrängen zu verbieten.
Die Pflicht, zerfahrene Bewegungen zu unterlassen.
Die Pflicht, um Zeitungsballen Schnüre zu knüpfen.
Die Pflicht, vor Rockverwandlungen immer auf der Hut zu sein.
Pause, in der die Pflichten zerfallen.
Es war einmal, war einmal, war einmal ein ungeheurer Schlendrian ... Pong öffnete die Augen, da drüben auf der Bank, die vorher ganz bestimmt leer gewesen war, schmal, bißchen verhungert, sehr blaß, Eichhörnchenhaar auf länglichem Kopf, sachte mit den Füßen schaukelnd, bereit, sich von einem Mann begrüßen zu lassen, wenn er der Richtige wäre, ein Wesen, das die Lippen geöffnet hielt, gerade so viel, daß man die Spitze eines Brieföffners hätte hineinstecken können: Das Mädchen. Noch jung, sehr jung sogar, vielleicht zu jung.

Einer im Bann des andern, schauten sie vor sich hin. Zwischen ihnen eine ungeheure Sumpffläche, die durchquert werden wollte.
Rabe. Einen Raben als Kurier schicken. Wie kommt man zueinander.
Stundenlanges Brüten konnte da gewiß nicht weiterhelfen. Aus Unachtsamkeit, weil er sich einem der zwischen den Büchern heraushängenden Drähte genähert hatte, empfing Pong einen Schlag, der ihn zum Aufstehen zwang, und wenn danach auch alles ziemlich schleppend ging, so machte er doch endlich die Tür auf und trat auf den Bahnsteig. Leicht zittrige Bögen beschrieben die Hände, als er, wie eine schwere Motte auf eine Lampe, seinem Mädchen zustrebte.
Es war sein Mädchen, war es von unten nach oben betrachtet vollkommen, nahm man sich gewisse Einzelheiten vor, kamen einem aber wieder Zweifel. Sein Aufzug, das verfitzte braune Haar, die fleddrigen Zöpfe, die Schmalheit der ganzen armen Gestalt, die schnell ins Leere laufenden Augen, ja das war sein Mädchen. Die kleinen Finger, spinnendünn, eher nicht.
»Ich muß Sie bitten, meine Frage vollkommen nach der Wahrheit zu beantworten.« Er ließ ihr etwas Zeit, sich an die Wahrheit zu gewöhnen. »Hören Sie auf den Namen Evmarie?«
Das Mädchen schaute ihn mit Augen an, die gar nicht lügen können. Verstanden hatte sie ihn wohl

nicht, aber aus ihren Augen las Pong ein Ja, und das genügte.
»Wollen Sie bitte, wenn der Bahnhof nachher aufgesperrt wird, mit mir nach draußen gehen in den dunklen Morgen und dann für immer an meiner Seite bleiben?« Das Mädchen verstand auch hier nur so im Ungefähren, aber es nickte.
»Dann darf ich Sie bitten, sich ein wenig auf Ihrer Bank zu gedulden. Ich habe noch zu tun.« Pong wandte sich mit einer angedeuteten Verbeugung ab und ging zurück in den Kiosk, um Ordnung zu schaffen. Er war davon überzeugt, dort in Zukunft keine Experimente mehr veranstalten zu müssen, doch wollte er die Stätte in größtmöglicher Reinlichkeit ihrem Schicksal übergeben. In einer eigens für den Theostaten gebauten Gerätetasche verstaute er denselben, wickelte die Drähte auf, verstaute auch Klemmen und Kabel, schob die zwei Bücher in seine Aktentasche, wobei er nicht versäumte, die ledernen Verschlußriemen gewissenhaft durch ihre schon etwas mürben Laschen zu ziehen.
Den Rest der Nacht verbrachten beide im Sitzen. Pong im Kiosk, das Mädchen auf der Bank. Als der erste Zug durchfuhr ohne anzuhalten, war die Nacht zu Ende.
An den Männern der Schließgesellschaft, die um 5 Uhr 10 die Gittertore vor dem Eingang des U-Bahnhofs in dafür ausgesparte Nischen zurückknickten, spazierte ein merkwürdiges Paar vorüber.

Der Mann bepackt, an der rechten Hand führte er ein Mädchen, das mit schwebenden Schritten mehr neben ihm her glitt als ging. Der Mann grüßte mit einem freundlichen Nicken des Kopfes, und die Wachmänner vergaßen darüber, ihn über den Zweck ihres Aufenthalts da unten zu verhören.
Draußen wurde ihnen ein feuchter Schleier ins Gesicht gewischt, der Kleider und Haar mit einem Perlbesatz überspann. Das Mädchen fror wie nur arme Mädchen frieren, und Pong merkte es. Behutsam stellte er seine beiden Taschen unter dem vorstehenden Dach eines Geschäfts ab, zog seine Jacke aus und legte sie dem Mädchen um die Schultern. Er erntete dafür einen Blick, in dem vielleicht schon etwas wie Liebe aufsprang. Sie wanderten so eine Weile dahin in der nur von Straßenlampen und Geschäftsauslagen erleuchteten Stadt. Nur vereinzelt gingen in den Wohnblocks Lichter an. Wenige leere Autos fuhren herum, mit Fahrern, die noch schwer von der Nacht über ihren Steuerrädern hingen. Bei dieser einsamen Wanderung meldete sich irgendwann einmal der Magen. Natürlich nur beim Mann, beim Mädchen hätte der Magen gar nicht gewagt, sich zu melden. Sie kamen glücklicherweise an einer von Gaststätten besetzten Ecke vorüber, eines dieser Lokale hatte Tag und Nacht geöffnet. Es war ein billiges, schmutziges Lokal mit Tischen aus rohem, dunkel gebeiztem Holz, wohin sich normalerweise niemand mit Hut verirrte. Mehr konnte er ihr für

den Moment leider nicht bieten. Es genierte ihn nämlich, das Mädchen ohne Zwischenhalt mit seinem Haus bekannt zu machen, weil er wußte, daß sich in seiner Küche rein gar nichts befand, was nur irgendwie getaugt hätte, selbst ein sehr wenig anspruchsvolles Mädchen zu bewirten.

»Ich darf Sie bitten, auf meine Taschen achtzugeben, während ich jetzt was für uns organisieren gehe«, sagte Pong und schob dem Mädchen einen Stuhl hin, auf den es leicht wie eine Flaumfeder niedersank. Da saß sie nun und gab acht, obwohl Achtgeben kaum in ihrer Natur lag, jeder hätte kommen und alles wegnehmen können, sie hätte höchstens mit den Augen ein bißchen Gegenwehr versucht, mehr nicht.

Pong kehrte wieder mit zwei Pizzas und einem Salat aus durchweichten Blättern, von dem er die armspangengroßen Zwiebelringe abhob und in den Aschenbecher legte. Auch hatte er zwei Kaffees und vier Zuckerwürfel auf dem Tablett, eine seltsame Frühstückskombination, die auf die Nachtschwärmer zurückging, die um diese Zeit noch nicht nach einem Frühstück verlangten, sondern nach einem zweiten billigen Nachtmahl.

»Nun wollen wir aber zugreifen«, sagte Pong und hatte gleich ein längliches Stück Pizza am Wickel, von dem er den herunterrutschenden Käsebelag geschickt mit der Zungenspitze auffing. Das Mädchen war ein eher unvermögender Esser. Zerstreut schnitt es sich winzige Endchen von der Pizza ab und hatte offenbar Mühe, mit der Gabel direkterweis zum Mund zu kommen.

Pongs schwungvoller Laune konnte soviel Zimperlichkeit gar nichts anhaben. Vom Überschuß seiner Laune versuchte er dem Mädchen etwas abzugeben, mechanisch schnitt er sich seine Stücke zurecht und hielt dabei sein Gegenüber, gleichwohl mit einem gutmütigen Lächeln, immer im Auge. Einmal ließ er das Messer los und strich mit dem Zeigefinger ganz zart über den linken Ringfinger des Mädchens hin. »Das sind ja Knochen wie von einem Vogel«, sagte er und mußte daran denken, daß er hier seiner künftigen Frau und den möglichen Kindern gegenübersaß, und das legte ihm in Gedanken schon die Pflicht ihrer Ernährung auf.

Um mit einem jungen Mädchen reden zu können, besonders mit einem so schweigsamen, wie er es gerade vor sich hatte, braucht es natürlich Taktgefühl. Pong war sich sicher, daß es das Beste wäre, wenn er die Unterhaltung vorläufig allein bestritt, aber genauestens auf die Reaktionen des Mädchens achtgab, damit er nicht etwa mit einem falschen Thema bei ihr einfiel. Wenn sich der Kopf ein bißchen hob und die Augen nicht gleich Zickzack liefen, wußte er, daß er fortfahren konnte. Er sprach ein wenig von den Vorzügen der Salaternährung, die aber an solchen Exemplaren, mit denen sie jetzt vorliebnehmen müßten, leider nicht zur Entfaltung kämen.

Dann sprach er über Menschen, die er nicht verstand, zum Beispiel solche, die aus übertriebener Askese ihren Kaffee ohne Zucker tränken. Dann machte er eine Pause.

Plötzlich fiel ihm ein, daß das Mädchen gar kein Ei bei sich hatte.

»Wenn Sie wirklich diejenige sind, die Sie vorgeben zu sein, wo haben Sie dann das Ei gelassen?« fragte er kühl.

Überrascht von der Veränderung in seiner Stimme, schaute ihn das Mädchen ängstlich an. Dann schien sie zu verstehen und holte aus einer verborgenen Tasche ihres blaugrau gemusterten Kittels ein Ei. Mit einem bittenden Ausdruck, er möge die arme Gabe nicht verschmähen, reichte sie es ihm. Pong war entzückt.

»Wir wollen das schöne Ei nicht zerstören«, sagte er liebevoll, »wenn Sie es nur immer in der Tasche für mich aufbewahren wollen. Sollte ich, was leider oft vorkommt, wieder einmal unglücklich sein, brauchen Sie es mir nur zu zeigen, schon wird mein Unglück an der Luft verfliegen.«

Mit einem verwunderten Blick auf das Ei steckte sie es wieder an seinen alten Platz zurück.

Von diesem Augenblick an waren alle Hindernisse fortgeräumt. »Ich möchte so gerne Du zu dir sagen«, sagte Pong. Das Mädchen nickte. »Vorausgesetzt natürlich, du sagst auch Du zu mir.«

Sie hatte nichts dagegen. Und so war fürs erste alles

zwischen ihnen abgemacht. Bald hieß es aufbrechen, und wie man gekommen war, wanderte man auch bis vor Pongs Haustür, nur daß es draußen inzwischen hell geworden war und die Straßen sich mit dem üblichen Verkehr belebt hatten.
Als Pong die Haustür aufschloß und das Mädchen hineinbat, fühlte er die Trostlosigkeit, die ihn hier immer so leicht angefallen hatte, und er fragte sich, ob er ein Geschöpf, das wahrscheinlich wenig darin geübt war, Trübsinn in Denkarbeit zu verwandeln, solchen Gefühlen aussetzen dürfe. Einen Moment lang starrte er im Flur die Treppe an, als würde sie ihm nicht gehören. Das Mädchen stand da und wartete, wie es weiterging. Er stellte die Taschen auf einen Klapptisch und zog ihr seine Jacke von den Schultern. Dann bat er sie ins große Zimmer, und um den Auslauf, den das Zimmer bot, noch zu vergrößern, öffnete er die Flügel der Terrassentür, damit sie mit der Zimmerluft auch Außenluft schöpfen konnte und den günstigsten Eindruck, den man überhaupt von seinem Haus gewinnen konnte, auch gleich gewann. Er überwand sich sogar, den Wespenschutz nicht sofort in die Öffnungen zu klemmen, wobei er die Luft aus lauter Nervosität ganz leicht in Bewegung setzte, während er zweien seiner Feindinnen beim Fliegen nachsah.
»Was ich bisher geleistet habe, verdanke ich ganz dem Alleinsein«, sagte Pong wie zur Entschuldigung über das durch weitgehende Leere abweisend

wirkende Zimmer, »aber jetzt ist die Zeit gekommen, einmal zu probieren, was ich zu zweit leisten kann.«
Evmarie ging auf die Terrasse hinaus und betrachtete das Gras, das in dicken Büscheln zwischen den Steinplatten aufschoß. Und da Pong immer nach den kleinsten Dingen sah, zum Beispiel nach den zerdrückten Falten an ihrem Kleid, fand er darin die Theorie bestätigt, daß Frauen weniger scharf geladen sind als Männer und zwischen außen und innen alles leichter bei ihnen hin und her geht.
An der Wand gegenüber den geöffneten Türflügeln befand sich sein ordentlich gemachtes Bett.
»Wie du siehst, handelt es sich um ein einschläfriges Bett«, sagte Pong, während er zu Evmarie auf die Terrasse hinaustrat und sie am Arm herumführte, damit sie sich das Bett anschauten. »Ich bin sehr müde und werde mich jetzt hinlegen. Von dir erwarte ich gar nicht, daß du dich mit in dieses Bett legst. Es wäre für den Moment völlig unpassend und obendrein für keinen von uns auch nur bequem, wenn unsere Leiber durch die erzwungene Nähe warm und feucht würden. Im oberen Stock findest du ein zweites Lager. Du bist ja frei und kannst dich überall im Haus bewegen. Tu, was dir gefällt. Ich bitte dich nur, um mein Bett, sagen wir im Abstand von etwa fünf Metern, eher auf Zehenspitzen als mit dem ganzen Fuß herumzugehen – was ich allerdings bei der leichten Art, die dir in allem eigen ist, ganz

überflüssigerweise erwähne.« Pong legte das Oberkleid sorgfältig über einen Stuhl, schlüpfte in sein Bett und schlief auf der Stelle ein.
Nie hatte er inniger geschlafen. Der Herbstwind schickte frische Brisen in rascher Folge herein, auf ihnen schwebten hin und wieder eine Mücke, eine Biene, gar eine Wespe, und so lautlos wie sie gekommen waren, schwebten sie auch wieder hinaus. Von dem Gemurmel und anderen Nichtigkeiten, die sonst seine Träume kurz vor der Erquickung in tödliche Anstrengung zu verwandeln pflegten, blieb er verschont. Er schlief sich in eine brave furchtlose Gesundheit hinein, auf einem Freibett, das ausnahmsweise nicht für irgendwelche Prüfungszwecke herhalten mußte. Es schlief sein wirklicher Kopf so ruhig wie sein Traumkopf, und seine Muskeln gehörten keinem anderen Menschen, der in schwierigen Stellvertretergeschäften für ihn unterwegs war. Mit Behagen und großer Kraft kehrte er aus seinem Schlaf gegen 3 Uhr am Nachmittag zurück und setzte seinen Hut auf.
Er erinnerte sich an gar nichts.

Perfekt, alle beide

Er erinnerte sich erst wieder an sein Mädchen, als er es auf der Hollywood-Schaukel im Garten fand, leicht mit den Fußspitzen wippend wie bei ihrer ersten Begegnung. Nichts ließ darauf schließen, daß sie im Haus etwas angerührt oder zum Beispiel beim Herumgehen ein Haar verloren hätte. Von ihren ausgezeichneten Sitzeigenschaften war Pong sehr beeindruckt. Keine Anzeichen, daß ihr während seines Schlafs langweilig geworden wäre, sie auf sein Erwachen gelauert hätte. Es war nun einwandfrei erwiesen, daß es sich um das Geschöpf handelte, dem er schon so lange versprochen worden war. Er sah die Stunde gekommen, das Mädchen mit den Plänen, die sie in Zukunft miteinander verbanden, bekannt zu machen.

»Ich erkläre hiermit, daß wir verheiratet sind«, sagte er. »Eine weitere Beglaubigung, als mein Wort sie gibt, braucht es nicht, denn alles, was ich sage, wird Oben vernommen und unfehlbar in ein Buch eingetragen, das bisher nur von mir, seit heute aber auch von dir und bald von unserer gemeinsamen Nachkommenschaft handeln wird. Bevor ich fortfahre, dir die Pflichten und Vergnügungen unseres Ehelebens zu erläutern, muß ich einkaufen gehen. Es war ja nicht damit zu rechnen, an einem sonnigen

Donnerstag im Oktober die endgültige Frau im Haus vorzufinden. Ob du mich begleiten willst oder nicht, überlasse ich dir.«

Wohlbehalten kehrte er mit einem Netz Orangen, einem Beutel Watte, einer Dose Kaffee, Butter, Erdbeermarmelade, einem Säckchen Zwiebeln, einem Laib Brot, etwas Käse, zwei Sechserkartons Eier sowie einer durch sensible Herstellungsprozesse zur Lyoner gewordenen Wurst zurück. Das Mädchen saß noch in derselben Haltung auf der Schaukel. Entzündet von den herrlichen Plänen, die nun kurz vor ihrer Ausführung standen, rumorte er in der Küche, sang sogar eine Schlagermelodie nach dem Kofferradio, das als einziges Gerät vom Vergraben verschont geblieben war. Mit gesenkten Köpfen trottete die Herde seiner trübsinnigen Gedanken davon. Die Kanne Kaffee in der Mitte, deckte er den Tisch und stellte einen zweiten Stuhl dazu. Evmarie wurde hereingeholt und bedeutet, darauf Platz zu nehmen. Vier Handgriffe, zwei Fußtritte, und der Wespenschutz klemmte wieder in den Türöffnungen.

»Deine höhere Bestimmung zeigt sich darin«, sagte Pong, während er eine Scheibe Schwarzbrot mit Butter bestrich, »daß du mich sogleich erkannt hast und mir ohne Umschweife gefolgt bist. Es wird meine Aufgabe sein, dich darin anzuleiten, wie wir uns gemeinsam aus allem Bösen herauswinden und eine vorbildliche Ehe führen. Ich erkläre hiermit die

Stunde, in der wir uns jetzt befinden, zur Stunde Eins, und den Tag, an dem wir uns jetzt befinden, zum Tag Eins, damit die neue Zeitrechnung, auf die man landauf landab schon so verzweifelt wartet, endlich beginnen kann.« Um in den glatten Bogengang der Zeit einzubrechen, schlug er den Löffel an die halbleere Kaffeetasse, und mit einem zarten scharfen Ping ward der Pong-Äon eingeläutet.

»Du möchtest vielleicht einwenden, daß wir uns ja schon eine Weile kennen – unwichtig! Die Stunden, die ich schlief, fallen gänzlich aus der Zeitrechnung, und das Davor – versunken und vergessen.« Es entstand eine Pause, in welcher Pong in aller Ruhe sein Brot und Evmarie eine halbe Orange verzehrte. Es folgten kaum hörbares Geschlürf und das fast synchrone Klicken beim Absetzen der Tassen auf die Untertassen. Dann holte Pong aus der Innentasche seiner Jacke ein Ei.

»Schau auf dieses Ei. Wie kommt es dir vor? Ist es nicht dazu gemacht, Liebe zu stiften, dabei schön gerundet, ohne Makel, tugendhaft, wahr, ein erstklassiges und sogenanntes A-Ei, aus wohlüberlegten Exerzitien hervorgegangen, blendend in seiner kalkigen Weiße?« Evmarie hätte keine besseren Worte finden können.

»Du wirst es ausbrüten«, sagte er knapp.

Es folgte eine größere Pause, in welcher ein halbes Marmeladenbrot und der zweite Teil der Orange verzehrt, Kaffee ausgetrunken und wieder nachgeschenkt wurde, alles vermittels der fürsorglichen Hand Pongs.

»Es wird uns noch einen ordentlichen Profit in die Tasche jagen«, sagte er, »und zugleich den Wasserfall von Fleisch, der sich täglich auf die Erde ergießt, ausdünnen und schließlich austrocknen.« Bei dieser glücklichen Vorstellung schien selbst sein Hut vor Freude zu zucken.

»Zwar – ich komme jetzt auf einen kleinen Mangel zurück, der mir schon auffiel, als wir uns zum ersten Mal sahen – deine Finger sind zu wenig mollig, als daß sie ohne fremde Mittel ein geeignetes Nest bilden könnten, es dürfte aber nicht schwer sein, hier Ersatz zu schaffen. Sieh einmal her, was habe ich hier?« Er griff nach hinten und schon baumelte vor Evmaries Augen ein Beutel Watte, der an Pongs rechtem Zeigefinger hing.

»Damit staffieren wir das Nest aus, so daß für Wärme und Weichheit gesorgt ist. Bevor ich aber fortfahre, dir das Ausbrüten im einzelnen zu erklären, möchte ich ein wenig in die Ferne schweifen. Wie du vielleicht schon gemerkt hast, liebe ich das Theoretisieren, und du als meine Frau sollst natürlich in alles eingeweiht sein. Bist du für gewisse Enthüllungen gerüstet?« Pong hatte die Watte weggelegt und sich zurückgelehnt, um mit überkreuzten Armen die nötige Konzentrationshaltung für seine Ausführungen zu gewinnen. Evmarie stellte ihre Tasse ab und war so artig, den Ausdruck gespannter Aufmerksamkeit, den ihre Augen leider nicht erbringen konnten, in ein braves, vollkommen ruhiges Sitzen zu legen.

»Es gibt zu viele Menschen auf der Welt«, sagte Pong, »diese Tatsache ist so allgemein bekannt, daß ich hier auf Erläuterungen gewiß verzichten kann. Nun habe ich aber an langen Totenlisten, die der Überdruck erzeugt, nicht die rechte Freude, da ist zu viel rot und blau geädertes Fleisch, welches versorgt werden muß, und die dünne Zivilisationsdecke, unter der wir zusammen mit den Arabern, Chinesen, Bantu-Negern und Hopi-Indianern stecken, kann unmöglich über so viel totes Fleisch gebreitet werden. Generell bin ich für die Unversehrtheit des Leibes, es fiele mir nicht im Traum ein, zum Beispiel deinen Darm zu inspizieren oder deine Lunge.«

Hier machte er halt und sah an die Decke.

»Nicht zu vergessen das Problem des moralisch defekten Kindes. Irgendwo wächst so ein moralisch defektes Kind heran, und es wird sich nicht damit abfinden, ein Zaungast in der Welt zu bleiben. Lege bitte einmal dein Ohr auf die Tischplatte«, Pong blickte Evmarie auffordernd an, die nicht gleich zu begreifen schien, dann aber ihr linkes Ohr hinlegte wie befohlen, »und du wirst die Messer, Kanonen und Sprengkörper rascheln hören, die in der Holzwolle von Schachteln, Kisten und Kasten auf dieses Kind warten. Vielleicht hörst du sogar, worüber der kleine Kopf gerade brütet.«

Evmarie nickte.
»Man lebt über Jahre neben einem solchen Wesen her, wiegt sich in der Sicherheit, daß alles in bester Ordnung sei, und wenn sich die Ruhe endlich herabsenken möchte wie letzte Flocken in einer abgestellten Schneekugel, erhebt sich der erwachsene, uns plötzlich vollkommen fremde Mensch, arbeitet mit Hochdruck, hat einen harten unbeugsamen Sinn, und durch das Gestöber erkennen wir mit Schrecken den alten Spruch hinter ihm auf der Wand.« Um das Übel nicht zu beschreien und auf sein Haus aufmerksam zu machen, malte sein vor Erregung zitternder Finger die Zeichen für mene mene tekel upharsin bloß in die Luft, und damit sie selbst in so leichter Materie ja nicht stehenblieben, harkte er mit gespreizter Hand kräftig hinter ihnen drein. Dann stand er auf und begann vor Evmarie in gleichmäßigen Schritten auf und ab zu gehen. Um etwas von dessen Lehnenkraft für seinen Vortrag abzuzapfen, befühlte er im Wenden den Stuhl, auf dem er eben noch gesessen hatte.
»Wir müssen näher an das Leben heran, als wir es bisher sind, da hilft nichts. Moralisch defekte Kinder erzeugen einen Betriebsunfall nach dem anderen, aus ratlosen Reisenden werden Messerschleifer, die obendrein den Klapp- und Herausschnellmechanismus ihrer Messer perfektionieren. Du fühlst die Unruhe, wie ich hoffe, und es ist dir hoffentlich klar, daß wir uns beeilen müssen, um ihnen zuvor-

zukommen.« Zum Zeichen, daß sie die Unruhe fühlte, wanderten Evmaries Augen zwischen den Punkten der Umkehr zehnmal schneller hin und her als seine Beine.

»Unsaubere Siege werden allenthalben erfochten, und zwischen ihnen ist die geliebte Welt bald zerfallen. Wir hingegen werden einen sauberen Sieg erringen, das wird unsere Leistung sein. Natürlich sind wir jetzt noch zu sehr an die Gegenwart genagelt, als daß wir unseren Triumph schon in seiner Entfaltung überblicken könnten, aber ich versichere dir, er wird unfehlbar groß und vollständig sein. Nun aber zurück zu den Gehäusen, woraus unsere Siege schlüpfen werden. Wie ich hoffe, trägst du dein Ei noch immer in der Kittelschürze, hole es bitte hervor, wir wollen es mit meinem Ei vergleichen.«

Mit einer kleinen Verspätung lag das verlangte Ei auf Evmaries rechter Handfläche. Pong nahm es behutsam und hob es zwischen Daumen und Zeigefinger in die Luft, um es mit seinem Ei zu vergleichen, das er auf dieselbe Weise mit der rechten Hand emporgehoben hatte.

Er prüfte und prüfte, brachte die Eier in dafür günstiges Licht, kniff die Augen zusammen, schweigend, um die Inspektion in ihrer lauteren Genauigkeit nicht zu stören. Überflüssig zu erwähnen, daß Evmarie in diesem bedeutenden Moment vollkommen still saß. Nach einer Weile kehrte er an den Tisch zurück, erleichtert, die Augen übergroß, mit

den Ellbogen Flatterbewegungen andeutend, soweit es das kostbare Gut zwischen seinen Fingern erlaubte.
»Sie sind gleich, vollkommen gleich, Farbe, Form, Porosität, der Lichtschimmer auf ihren Kappen, die Verheißung, die von ihrer bauchigen Wandung ausgeht, alles stimmt überein. Nun haben wir die Gewähr, daß keine Unglücksraben schlüpfen, sondern unsere Kinder und nach ihnen deren Kinder und Kindeskinder!«

Rebsam und Rebsal

»Das sind die Namen unserer Kinder, präge sie dir bitte gleich ein«, sagte Pong, während er die beiden Eier vorübergehend in den Brotkorb legte. Aus einem Schränkchen im Badezimmer holte er einen Wickel. Evmarie mußte ihre beiden Handflächen hinstrecken und sie in Nestform aneinanderlegen. »Ja, sie sind entzückend«, sagte Pong, »wenn auch schmal und in der Linienzeichnung etwas arm. Ich wäre natürlich glücklich, wenn die Finger ein wenig Fett ansetzten. Aber glaube mir, liebte ich dich, nach allem was geschehen ist, noch nicht mit der gebührenden Stärke, ich würde mir die fehlende Liebe jetzt von deinen Handflächen holen.« Zur Bestätigung küßte er diese mit einer Zartheit, die man Männern im allgemeinen nicht zutraut und die für Pong besonders ungewöhnlich war, da er sich bisher nicht darum geschert hatte, Frauen, und sei es zu den oberflächlichsten Begrüßungszwecken, irgendwohin zu küssen. Mit einer fast ehrfürchtigen Schüchternheit polsterte er Evmaries Hände aus, legte die Eier hinein und, damit beim Zusammenliegen keines dem andern ein Leid zufügen konnte, einen Streifen Watte zwischen sie. Obenauf packte er eine dreifache Portion. Nun wurden die Hände von den Gelenken an mit elastischem Verband umwickelt. Weil er fürchtete, das Gebilde könne an ihren scharfen Zähnen Schaden nehmen, konnte er sich lang nicht entschließen, wo die Spannzwecken am besten anzubringen seien.

Seine bandagierte Braut war nun in allem auf ihn angewiesen.

»Rebsam und Rebsal, es sind schöne Namen, nicht? Du fragst aber zu Recht, was diese Kinder von anderen Kindern unterscheidet, ihr schöner Name allein wird es wohl kaum sein. Nun, sie werden allerhöchstens 19 Zentimeter groß, ich tippe eher auf 17, möchte mich da aber noch nicht festlegen. Weil sie so klein bleiben, wachsen sie natürlich auch schneller heran, und man hat allgemein viel weniger

Mühe mit ihnen. In einem Neuntel der bisher üblichen Aufwachszeit werden sie groß, was das bedeutet, kannst du leicht ausrechnen. Diese Zeit verkürzt sich noch dadurch, daß sie schon nach etwa sechs Wochen in der Lage sind, sich auf die Aufzucht eigener Kinder zu verlegen. Natürlich sind wir von der Überwachungspflicht nicht so schnell entbunden, denn sie sind ja trotz ihrer erstaunlichen Reife in bezug auf das Ausbrüten eigener Eier noch in allem Kinder mit der üblichen, im Hasengang laufenden Kinderphantasie. Mache dich also darauf gefaßt, daß unser Haus bald von kleinen und immer kleineren Menschen wimmeln wird, denn die von den Eltern ererbte Tendenz wird sich zügig fortprägen.«

Stunden vergingen in fortwährender Geschäftigkeit, geschäftig allerdings nur für Pong. Evmarie blieb, wo sie war. Zu tun gab es außer dem Brüten für sie nichts. Das aber sollte sich bald anderswo abspielen. Nicht mehr im Erdgeschoß, sondern auf dem Dach, das an höchster Stelle eine von zarten schmiedeeisernen Gittern umsäumte Aussichtsplattform hatte. Dort hinauf schleppte Pong eine Korbliege, jede Menge Decken, Kissen, einen chinesischen Mantel, ein Klapptischchen und einen leichten Sessel für sich. Als alles bereit stand, geleitete er seine Frau vorsichtig, da sie mit zusammengebundenen Händen nicht über das beste Gleichgewicht verfügte, die steile Treppe nach oben und hob sie schließlich zur

Luke hinaus auf das Dach. Als sie, eingeschlagen in lauter Decken und gestützt von mindestens fünf Kissen, endlich auf ihrer Liege halb lag und halb saß, war es Nacht, und der Mond, dieser unbegreifliche Scheinwerfer, tastete erst lange Stunden zögernd nach ihr, bis er sie unter Flutlicht stellte und mithalf, darüber zu wachen, ob alles glatt ging.

Damit kein trügerischer Friede zwischen sie träte und ihre Aufmerksamkeit verminderte, trieben frische, umstürzlerische Winde vom Skagerrak im Galopp an der großen Stadt vorüber, so daß Pong sich gezwungen sah, seine brütende Frau in eine zusätzliche Decke zu hüllen, es waren ihrer nun schon vier. Bei solchem Wind kann natürlich gut Gewissensforschung betrieben werden, sogar Gewissensspionage, denn man wird dazu gebracht, daß sich das unterste zuoberst kehrt, und Pong war froh, daß der Mond seine Frau so genau ausleuchtete, daß ihm keine ihrer Regungen verborgen bleiben konnte. Er sah mit schmalen Augen nach ihr hin, ob sich da etwas zeigte, was vielleicht von einer dunklen, nun aufgeschüttelten Stelle ihres Gewissens herrührte und sich in kleinen Fehlbewegungen kundtat, etwa in Fuß- oder Schläfenzucken oder rhythmischem Anspannen der Kinnmuskeln. Seine Befürchtung war aber grundlos, er fand nichts, was auf ein Vergehen, und sei es ein kleines und leicht zu verzeihendes, gedeutet hätte. Der steife Nordwestwind hatte bloß den Effekt, daß er den Himmel rein-

bürstete von irgendwelchen Vergehen, die sich von den Köpfen der Menschen gelöst und bald an die, bald an jene Wolke gehängt hatten, um in der Hoffnung auf Straffreiheit mit ihnen zu verschwinden. Vielleicht ahnt man, weshalb Pong soviel Mühe darauf verwandt hatte, seine Frau und all die Möbel auf das Dach zu schleppen, kennt die altbewährten Vorstellungen, die dahinter steckten, weiß noch, wie Absalom der Schöne sich mit Krethi und Plethi verschwor und bei anschließender Palastübernahme die Kebsweiber seines Vaters auf dem Dach beschlief. Wer Stammvater werden will und für ein neues Geschlecht zu sorgen hat, scheut das Licht nicht, im Gegenteil, er sucht die am stärksten gleißende Öffentlichkeit, und es gibt keine, die es an magischer Kraft mit dem Licht aufnehmen könnte, das vom Mond flieht. Und warum so? Weil an den Mondstrahlen mikroskopische Gehirnbotschaften wie Läuse an einem Stengel entlanglaufen, wodurch allen alles bekannt wird, hat man nur die Geduld und paßt die rechte Zeit dafür ab.
»Meine Gedanken nehmen immerzu Körper an«, sagte Pong, »ich hoffe, du wirst dich daran gewöhnen, wenn mit unseren Kindern zugleich meine Gedanken in den Zimmern herumlaufen und sich auf eigenartig höfliche Weise Respekt verschaffen.« Er sagte das leise, eher für sich, um Evmarie während ihrer Brutzeit nicht mit zu vielen Neuigkeiten, auf denen schon die Flämmchen zu weiteren, noch ganz

jungen Ideen saßen, zu verstören. Es war ihm nicht entgangen, daß sich um ihren Mund ein neuer Ausdruck zeigte. Die Mundmuskeln hatten sich ein wenig versteift, dadurch haftete die obere Lippe fester an der unteren. Wenn er nicht achtgab, konnte diese winzige Sperre sich über die ganze Person ausbreiten, und er bekäme es plötzlich mit einer bockigen Frau zu tun.
»Du fragst, worin eigentlich der Vorteil besteht, welcher der Allgemeinheit von unseren Kindern erwächst«, sagte er betont sanft, »von den ins Auge springenden Vorteilen mal abgesehen, die sie für uns Eltern haben. Nun, mit diesen Kindern werden wir einen Ausklang einleiten, denn unmerklich wird die Großmenschenzeit in eine Kleinmenschenzeit übergehen, und von da an ins Unfaßliche hinab, was uns nicht mehr zu kümmern braucht.« Bei dieser Vorstellung legte sich Pongs Haar, das gern in Wirbeln aufstand und hinter den Ohren wie Schnurrhaar waagrecht in den Raum stach, brav an seine Kopfhaut an. Es dauerte aber nicht lang, bis sich einzelne, kräftige Exemplare wieder erhoben und bald die ganze Masse des Haars von der Tal- in die Bergbewegung ihnen folgte.
»Frage nur immer weiter«, forderte er Evmarie auf, obwohl die kleine Sperre noch nicht verschwunden war und er sie besser ein Weilchen in Ruhe gelassen hätte. In seinem Hals drängelten schon die Erklärungen, ganze Familien von Erklärungen, die un-

bedingt an die Luft mußten. »Zum Beispiel möchtest du bestimmt wissen, wie denn der Übergang von den großen zu den kleinen Menschen vor sich gehen soll, wenn nicht mit Gewalt. Auch das ist kein Hexenwerk: vom Anblick unserer Sprößlinge überwältigt, werden die Menschen auf das Herstellen ihrer ungeschlachten Nachkommen einfach verzichten. Ach du dickes Ei, rufen die Frauen aus und bedecken mit der Hand ihre Stirn, mit was für einem entsetzlichen Kind bin ich nur geschlagen! Wir können ihnen da leider nicht widersprechen. Über kurz oder lang wird man die Aufzucht herkömmlicher Kinder einstellen. Gewiß, da ist Grausames im Spiel, worauf ich mich nicht näher einlassen möchte; eine Anzahl Frauen wird sich vielleicht noch dazu durchringen, die eigenen Kinder mehr schlecht als recht beim Atmen zu erhalten, aber sie sind nicht mehr mit Schwung bei der Sache, lustlos geht ihnen die Erziehung von der Hand, und neue Kinder werden nicht mehr gemacht. Man wird uns abgucken wollen, wie wir brüten, und wir werden bereitwillig darüber Auskunft geben. Trotzdem wird es ihnen nicht gelingen, weil man es Höhererseits nicht anders will. Es ist also damit zu rechnen, daß wir den einen oder anderen Nachkommen durch Diebstahl verlieren, bei dem schier unerschöpflichen Haufen, der aus unseren Eiern quillt, muß aber ein bißchen Schwund in Kauf genommen werden.«

In diesem Augenblick hatte er den Eindruck, daß

das Universum anschwoll, und das Universum ergriff auch das Wort, um ihn persönlich anzureden. Pong, sagte das Universum, schau zu, daß du nicht hinter der Kreuzschraffur verschwindest, die bald alles bedeckt. Dann schrumpfte es auf seine übliche Größe und schloß die bescheidenen Augen, mit denen es Pong für die Dauer eines Kinderlebens geteilt durch die 144 000 Stirngesiegelten des Johannes, geteilt durch deren Kopfhaar, angeblickt hatte.
Vor dem Mond eine spärliche Wolkenblende, bald nah bald fern Käuzchenrufe mit dünnem Hall. Knisterworte springen von den Oberleitungen und sausen ohrein ohraus bei ihm durch, sussuri sussura, schnellste Gehirnwürmer beißen ab, reißen fort, lassen Kot, brechen zu den Augen ins Freie. An den Nasenflügeln vorbei zieht ein Streifen mephitischer Luft. Taumeln der Gedanken in eine Kinderhölle, aus der er mit Druck wieder herausrudert. Man lauert auf seinen Mund, man lauert darauf, daß sein eben noch frischer Mut Hungers stirbt. Man deckt ihm Nase und Mund mit einem Fell ab, vielleicht einem Kaninchenfell. Er, der zuzeiten ein lustiger Mann gewesen ist, soll sich nicht mehr vom Fleck rühren und langsam ersticken.
Über das Dach hupfen Frösche, die alle ein kleines wider ihn tragen, einem lodert von der Zunge ein schreibendes Flämmchen, *in deiner Hand liegt es nicht, dir das Glück zu schmieden,* einem ist ein Täßchen Milch auf den Kopf gebunden, *du wirst*

deine Zunge umsonst in Unschuld waschen, einem anderen der Bauch in einen Reifen gezwängt, *in meiner Zwingherrschaft sitzest du eisenfest,* wieder andere fuchteln mit winzigen Pistolen herum, *schieß nur immer ins Kraut, alter Haremsschwengel!* Immerwährende Schlachten, die der Adversarius gegen mich führt, sagte sich Pong, und hopp! waren die Frösche weg.

Ein flaumig flappender Wind, der seine Backen tätschelte, brachte ihn zu sich. Evmarie war noch da, unbeschädigt, das weiße Paket ihrer Hände friedlich über dem Bauch. Unberührt von jeder Sorge um den Ausgang des Kampfes zwischen ihrem Gatten und dem Universalfeind. Ihre Lippen wieder weich. Nur schwer konnte er aus seinem aufgewühlten Gemüt an die Braut anknüpfen, die seine Aufmerksamkeit zu Recht für sich allein verlangte. Um ihn ganz zu sich hinüberzuziehen, hob sie ein klein wenig die umwickelten Hände. Auf Pong wirkte das Zeichen wie eine Ermahnung, wenn nicht eine Drohung, er seufzte, und seine Sinne öffneten sich erneut der Braut.

Es knackte.

Gleich kam er auf die vordere Stuhlkante zu sitzen und faßte mit beiden Händen das Nest, zog es an sein Ohr. Kein Zweifel, es knackte. Mit zitternden Händen entfernte er die Spannzwecken und begann, den Verband aufzurollen.

Etwas hielt ihn auf. Er schaute Evmarie an, und sie

erwiderte seinen Blick, ruhig und klar. Alles wurde von ihren Augen berührt, wenn auch nur für eine Sekunde. Pongs Finger ließen vom Verband ab. Er war ganz ausgehöhlt, und in das Loch flossen Traurigkeit und Liebe.

Er brauchte bloß von seinen Machenschaften lassen und friedlich mit ihr leben. Evmaries Augen, die kurz davongewandert waren, kehrten aber nicht schnell genug zu ihm zurück, um daraus einen unabwendbaren Beschluß zu machen. Pong wurde unruhig, er hing an zu dünnem Faden, seine Gedanken begannen wieder über leicht verschüttelte Flächen zu spazieren. Er schloß die Augen mit dem Vorsatz, sie für längere Zeit nicht mehr zu öffnen. Hinter seinen Lidern leuchtete Evmaries Gesicht als heller Fleck, bis sich die Dunkelheit gleichmäßig verteilte. Seine blinden Hände langten nach dem Verband und wickelten ihn ab, legten das oberste Polster zur Seite. Fingerspitzen, die vor der kleinsten Berührung zurückschreckten, erkundeten klebriges Gewebe, und – heiliger Strohsack! – sie ertasteten ein aufgebrochenes Ei, aus dem etwas lugte, wahrscheinlich ein Kopf. Mit dem Zeigefinger strich Pong zart darüber hin und streifte dabei das Bruchstück ab.

Kein Wunder, daß er ihn zunächst für ein Küken hielt, so verklebt und verstrupft, wie er sich anfühlte. Aus Enttäuschung hätte er ihn mitsamt dem noch nicht fertig gebrüteten Ei fast vom Dach geworfen. Wir sind daran gewöhnt, an seiner Nacktheit das frische Menschenkind zu erkennen, selbst Pong, der ja auf die ungewöhnliche Erscheinung seines Kindes vorbereitet war, hatte nicht damit gerechnet, daß ihm seine Finger hinterbringen würden, der Sohn komme mit allen Zügen eines Erwachsenen, gelocktem Haar, Hemd, Anzug und Schuhen, sogar einer Armbanduhr am Handgelenk, aus dem Ei. Als er merkte, daß er wahrhaftig seinen Sohn und nicht etwa ein Küken vor sich hatte, half er ihm zitternd vor Freude vollends heraus. Es blieb aber kaum Zeit, mit dem Sohn näher Bekanntschaft zu schließen, schon wurde das andere Ei aufgepickt, und bald fühlten seine Finger einen ebenso verstrupften Kopf mit bißchen Schale als Hut obenauf. Einen Moment hatte ihn das Geräusch des Aufpickens wieder dazu verleitet, an Vogelkinder zu denken, er wurde aber schnell eines Besseren belehrt, als er Rebsal im flohfarbenen Kostüm, die niedlichsten Pumps von der Welt an den Füßen, aus der Eihülle klettern half. Vorsichtig nahm er die beiden in die Hände. Es zeigte sich, daß es sehr kleine Menschen, aber beileibe keine Kinder mehr waren, ein junger Mann und eine junge Frau.

»Wie schön sie sind«, sagte Pong und näherte sich, Rebsam und Rebsal vorsichtig in Händen haltend, Evmarie, um Kopf an Kopf mit ihr sich an den Kindern zu weiden. Hinter seinen geschlossenen Lidern tanzten die Freudenfunken.

»Das hast du wunderbar gemacht, meine Liebe« –

weil er sich nah an ihrem rechten Ohr wußte, sprach er mit gesenkter Stimme –, »sie sind schöner geworden, als ich sie mir, durch und durch ehrgeiziger Vater und oft in meinen Plänen übers Ziel hinausschießend, hätte ausdenken können. Daß sie gleich in so eleganter Kleidung geschlüpft sind, macht uns das Leben leichter. Ich hatte schon befürchtet, du müßtest dir die Finger zerstechen beim Anfertigen all der Jäckchen, Hemden und Höslein.«
In schelmischer Vaterlaune wagte er sogar in Richtung Evmaries Wange einen Kuß. »Guck nur, wie man den Buben ausstaffiert hat, der beste Schneider für kleine Herren war hier am Werk. Und erst die weißbraunen Schuhe! Anderswo und an anderen Füßen gewiß Gangsterschuhe, an meinem Sohn aber Vorzeigeschuhe, die über sein unerschrockenes Gemüt Auskunft geben. Und nun, Evmarie, sei bitte einmal ganz still, wir wollen probieren, ob unsere Kinder sprechen können.«
Pong wartete, bis er außer seinem Herzen und dem Rauschen der Bäume nichts mehr vernahm, dann sprach er die Kinder an, mit einem Theatermund jede Silbe sorgfältig ausmalend:
»Sagt einmal Papa, PA-PA!«
Nichts.
»Sagt einmal Mama, MA-MA!«
Wieder nichts.
Pong drehte das linke Ohr ganz nah zu ihnen hin, damit ihm ja kein Laut entging. Aber Rebsam und

Rebsal ragten wie die Zinnsoldaten aus seinen Händen und, wie er zu seinem Kummer fühlte, starrten sie ihn durchdringend an. »Kommt, Kinder, sprecht, ihr seid hier nicht auf einer Beerdigung, Papa, Papa!« So sehr er sich auch mühte, die Antwort blieb aus. Enttäuscht ließ er die Hände sinken und schalt sich, daß er, von ihrer äußeren Erscheinung geblendet, sie im ersten Aufwallen der Begeisterung viel zu günstig beurteilt habe. Indessen hatten sich die Kinder aus ihrer Starre gelöst und es sich in Pongs Händen bequem gemacht. Sie lümmelten aber nicht mit ausgestreckten Beinen da herum, sondern saßen mit angezogenen Knien in den Kuhlen zwischen Daumen und Zeigefingern, steckten die Köpfe, soweit es zwischen den Handflächen des Vaters ging, zusammen und – tuschelten! Gleich war Pongs Ohr wieder über ihnen, er konnte aber nicht mehr vernehmen als ein zwitschriges Tralala, leicht und obenhin, einzelne Wörter, gar den Sinn von dem ausmachen, was man da zu tuscheln hatte, konnte er nicht.

Damit die Mutter auch einmal in ihren Genuß käme, setzte er die beiden auf Evmaries Bauch ab, genauer gesagt in eine Falte der oberen Decke. Sie benahmen sich auch der Mutter gegenüber tadellos, Pongs Lider lieferten das Bild einer kleinen Verbeugung, von Rebsal eine Art Knicks, dann versanken sie wieder in der Falte, wo nichts auf der Welt sie davon abhalten konnte, miteinander zu tuscheln.

Krawall und Rauferei lagen ihnen anscheinend fern. Pong glaubte an der Bewegung ihrer winzigen Hände und den ernsten Mienen, die sie machten, auch einer gewissen höflichen Innigkeit, mit der sie einander zugetan waren, ablesen zu können, daß sie bereits Anstalten machten, sich Eier zum Brüten zu verschaffen. Nur wenn die Eltern etwas von ihnen wollten, Pong zum Beispiel mit dem Zeigefinger über sie strich, um ihre Körper auf dem Wege vorsichtiger Zärtlichkeit zu erkunden, hielten sie mit ihren Geschäften inne und standen auf, um dem Vater das Betasten zu erleichtern.

Evmarie hatte keinen Anteil am Erkunden ihrer Körper, von den Pflichten einer Mutter schien sie wenig zu verstehen, ihr Geist wollte sich immer wieder in alle Himmelsrichtungen zerstreuen. Wahrscheinlich war es ihr gleichgültig, ob ihre Kinder krumpelig oder straff zur Welt kamen, mit nackter Haut, Fell, Federn oder Hosen. Sie war aber immerhin bemüht, ihrem Mann in allem, was ihm durch den Kopf flog, in ihrer schwebenden Art zu folgen.

Pong, der nicht von seinen Kindern lassen konnte, glaubte zu erkennen, wie sie auf ein verabredetes Zeichen hin etwas aus ihren Jackentaschen kramten, und wenn ihn die Winzigkeit der Sache, die er mit großer innerer Spannung verfolgte, nicht trog, lagen da zwei kleine Eier auf ihren Handtellern, die sie zum Vergleich aneinanderlegten, während sie noch

immer die Köpfe zusammensteckten und miteinander tuschelten.
Durch den Wind, der an ihren Strahlen zerrte, verschwammen oben die Sterne zu einem Meer. Unten auf dem Dach wurde das Geschäft der Vermehrung mit Ausdauer und Fleiß betrieben. Wobei sich in die gute Laune des Stammvaters langsam der Ärger mischte, da er sich auf das Getuschel der Kinder, ihre emsigen, pausenlos her und hin wischenden Reden, immer noch keinen Reim machen konnte. Gern hätte er eine Schweigeminute, eine Schweigestunde, am liebsten einen Schweigetag gegen sie verordnet, gleich jetzt, um 1 Uhr 5, den heutigen Freitag, zum Schweigetag erklärt. Aber so wenig er seine Kinder verstand, so wenig verstanden sie ihn. Seiner Bitte: »Kinder, wollt ihr so gut sein, nicht immerzu nur untereinander, sondern auch einmal mit mir, eurem Papa, zu reden!« lauschten sie zwar still und schauten dabei zu ihm auf, kaum aber waren seine Worte verklungen, so fuhren sie in ihrem Tirilí-Tirilá mit einer Inbrunst fort, daß sich zarte Bläschen über ihren Köpfen bildeten, die wie Seifenblasen zersprangen, sobald Pong glaubte, die eine oder andere Silbe erwischt und in ein geordnetes Wort überführt zu haben.
Ob sie irgendwann schlafen und wenigstens dann mit dem Getuschel aufhören? fragte sich Pong, und in einem Ton, der viel von seiner Enttäuschung verriet, sagte er zu Evmarie: »Gottlob sind unsere

Kinder klein, und aller Wahrscheinlichkeit nach werden unsere Enkel noch kleiner ausfallen, entsprechend leiser wird deren Geplapper, und wenn es einmal gar nicht abzustellen sein sollte, ist die Störquelle leicht ausgeschaltet. Mit dem Daumen reibt man das Gehirn des Kindes hin.«

Es war nur der Ärger, der ihn so etwas Böses hatte sagen lassen, alles in allem war er mit seinen Kindern ja ganz zufrieden, auch konnte er sich dazu beglückwünschen, daß sie eher zwitscherten und keine Kehl- oder Gurgellaute ausstießen. Und nur, weil er es nicht verstand, durfte er ihr Getuschel nicht gleich für dummes Zeug nehmen. Weiß man um die himmelhohe Haftbarkeit fremder Reden? Vielleicht gab sich darin die ursprüngliche Ausdrucksart des Paradieses kund, und mit Hilfe eines Mikrophons und anderer gescheiter Apparate würde er noch in den Genuß der Paradiessprache kommen. Sie bediente sich der Zungen der Natur, strich mit dem Flügelschlag der Vögel durch den Wind, atmete auf den Wellen des Meeres. Laute mit Knoten und Kanten kamen nicht in ihr vor, ebensowenig die Lüge.

Er konnte seine klugen Kinder eben nicht beschulmeistern, Gott war ja auch kein Schulmeister gewesen, der seine Kinder vor das Alphabet stellte und es im einzelnen mit ihnen durchging. Seine Erziehung sollte sich vielleicht ganz auf das Ethische verlegen, und er mußte versuchen, jene ethischen Grundsätze, die ihnen zu ihrer Vollkommenheit noch fehlten, mehr pantomimisch als rhetorisch vorzuführen. Mit den Fingern versuchte er schon mal die eine oder andere Bewegung, die vielleicht als Einleitung zu einem Grundsatz, zum Beispiel dem Grundsatz *Du sollst zu deinem Vater aufschauen, wann immer er es begehrt* dienen konnte, aber weiter, als mit dem Zeigefinger abwechselnd auf die Kinder und zwischen die eigenen Augen zu deuten, kam er dabei nicht. Spaßhalber begann er wieder von vorn, indem er mit dem Finger klarmachte, daß er jetzt sie und sie er wären. Dann lenkte er den Zeigefinger von ihnen aus in die Höhe und deutete auf die eigene Stirn, sprang auf und starrte mit aufgerissenen Augen nach oben. Was er vormachte, war offenbar zu schwer für sie. Nach kurzem Stillschweigen erlitten sie einen Anfall, wurmlange Wörter brachen aus ihnen hervor, die in dürftigen Piepslauten endeten, worauf wieder Stillschweigen eintrat, und Pong so klug war wie zuvor.

Wenn er von hoch oben auf die Scheitel der Kinder und Kindeskinder schaut,

ist er mit dem Zählen nicht so bald fertig. Wir schreiben jetzt 3 Uhr 17, noch in der selben Nacht. Anders als Pong es erwartet hatte, brauchten Rebsam und Rebsal keine sechs Wochen zum Kindermachen. Schon nach zwei Stunden war er umgeben von einer Schar Nachkommen, bei deren Vielzahl es ihm schwer fiel, noch den Überblick zu wahren. Wo er auch hinsah – Enkel und wieder Enkel, Urenkel, Ururenkel und kaum noch sichtbare spätere Generationen. Aufstehen und auf dem Dach herumlaufen, kam wegen der Gefahr, einen von ihnen zu zertrampeln, nicht mehr in Frage. Überall lagen zerbrochene Schalen, aus denen sie geschlüpft waren, die letzten aus Eiern kaum größer als Ameiseneier. Bevor die Schnelligkeit ihrer Vermehrung sich vollends ins Unübersichtliche verlief, wollte Pong mit Hilfe seiner berühmten Stahlfeder ein Namensverzeichnis nebst Charakterstudie, Maßen und Gewichten derjenigen Nachkommen anlegen, die er gerade noch erfassen konnte. Auch sollten diese nicht ohne seinen Segen und ihr Erbteil in die Welt ziehen. Zu diesem Zweck lehnte er sich bequem in seinen Stuhl zurück und schloß erneut die Augen. Kurz darauf waren andere unfertige Arbeiten, auf

die es jetzt nicht weiter ankam, in seinem Gehirn fortgeräumt, und er glaubte zu spüren, wie sich die Feder mit ihrer gut leserlichen Ritzschrift in der weichen Materie vorwärtsbewegte:
Rebsam – mein Sohn. Dem Haar und den Kleidern nach schön, wenn man nicht den Ehrgeiz hat, ihn unter die Lupe zu legen und stundenlang mit der Pinzette an ihm herumzuzupfen. Ich frage mich: Kann er denn sterben? Und wenn ja, wird man bei der Gebeinlese alle seine Knöchelchen versammeln und wieder ordentlich zusammensetzen, vogelfein wie sie sind?
Hier pausierte die Feder, weil Pong fürchtete, bei solcher Ausführlichkeit mit den Kindern nicht zu Rande zu kommen. Dann wurde vermerkt:
Charakter aufgeweckt, heiter, treu. Vaterliebe gering. Segen für meinen Sohn: Was er in die Hand nimmt, verwandle sich in Leben. Sein Erbteil: die Mitte des Dachs im Umkreis von 2 Metern.
Wieder stockte die Feder. Pong wog Rebsam in seiner Hand, wobei er dies rein aus der Erinnerung tat; sein außerordentliches Gehirn lieferte nicht nur die korrekte Gewichtszahl – *255 Gramm* –, sondern stellte auch gleich ein gedachtes Lineal neben den naturgetreu erinnerten Sohn, und ohne daß Pong ihn eigens durch Streicheln unter dem Kinn verlocken mußte, sich möglichst aufrecht hinzustellen, wurde die Länge mit *12,1 cm* exakt angegeben – 4,9 cm weniger, als er vorausgesehen hatte.

Rebsal – meine Tochter. Auch sie schön. Und zart. Mit vielleicht kleinen Fehlern, Augen, die etwas zu wanderlustig nach rechts und links schweifen. Ob sie einen Gugelhupf nach altem Rezept würde backen können? Gewißheit: Wenn meine Tochter ihr Lebensblut in einem Schwall erbräche, kämen Rubine mit heraus, denn sie ist ein Juwel. Eine solche Tochter hat meinen Segen nicht gerade bitternötig. Nach der Meß- und Wiegeprodezur, die bei Rebsal ebenso tadellos funktionierte, wurden *232 Gramm* und *11,8 cm* notiert.

Lab – mein Enkel. Für ihn verlange ich das Verdienstkreuz! Von ihm reicht ein Faden direkt zu seinem Großvater hinüber, durch den wir beide, so verschieden groß wir auch sind, immer in Verbindung bleiben. Mit feuchten Augen rief er sich Lab ins Gedächtnis. Nach Herzenslust wollte er ihn immer wieder hochheben, diesen aus Goldlamé, Apfelhaut und Rabenfedern gewirkten Menschen. Er fürchtete, mit einem Segen die Vollkommenheit dieses Enkels zu beschädigen. Was tun? *Labs Erbteil: halber westlicher Ring um das Erbe Rebsals zu einem halben Meter breit. 112 Gramm, 7,9 cm.*

Lebeth – leicht hochzulupfen auch sie. Oft begegnen sich Lab und Lebeth Stirn an Stirn, und Lebeth wirft dabei den Rock herum. Was dabei hinter ihren Stirnen vorgeht, weiß ich nicht. Fremde scheinen nicht willkommen, nicht einmal ich, der ich ihr Großvater bin. Charakter lieblich, frisch. 102 Gramm, 7,7 cm.

Malachias – immer unterwegs. Schlank und biegsam wie die Grannenborste einer Getreideähre. Aber klein, klein bis zum Unbedeutenden hin. Die Schuhe blitzblank. Marschiert in Ausfallschritten wie halb auf der Flucht, dadurch leidet der im ganzen günstige Eindruck. Im Charakter grillenhaft, munter. Malachias vollbringe endlich die künstlerische Hochleistung, nach der er sich zu verzehren scheint. Sein Erbteil: südöstlicher Viertelring um das Erbe Rebsams zu einem halben Meter breit. 53 Gramm, 4,3 cm.
Melsazeh – ganz auf ihre Ehre versessen. Wo sie einen Angriff auf ihre Ehre fürchtet, macht sie den Rücken steif, und wenn das nicht hilft, erstarrt sie zur Salzsäule, aus der sie Geld und gute Worte nicht so schnell wieder erlösen. Zugeknöpft, verdrießlich, würdevoll. Gott erhalte ihr die Kraft und das Rückgrat. 52 Gramm, 4,4 cm.
Nafta – hervorgekrochen aus scheinbar unbegrenzter Fruchtbarkeit, kam ihm dieser Enkel mit altbekanntem Namen überwältigend fein und unfein zugleich vor. Er fand es zu schwierig, dem Gedächtnis alles einzugraben, was er an ihm beobachtet hatte. Fein war Nafta seinen fieberhaften Bewegungen nach; mit den Armen, manchmal dem ganzen Rumpf, sogar den erstaunlich rundum beweglichen Füßen geheimnißte er Male in die Luft, mit denen er unablässig die Verbildlichung von Gottes Wort betrieb – so gewahrte ihn Pong mit abgespreiztem

Daumen und den zusammengelegten übrigen Fingern der linken Hand eine komplizierte Schreibung des Kyrie eleison ausführen – unfein bis zum Ekelerregenden aber durch die Blähungen, die den kleinen Bauch auftrieben und seiner beredsamen Frömmigkeit sekundierten. Wie einen solchen Enkel vermerken? *Hallodrie,* schrieb die Feder, *pomphaft fromm, geschwollen. Friede seinen Fingern, Füßen und Därmen. Nordöstlicher Viertelring um das Erbe Rebsams zu einem halben Meter breit. 54 Gramm, 4,8 cm.*

Nefert – das genaue Gegenteil von Nafta. Unfromm die Bewegungen, lieblich ihr Duft. 50 Gramm, 4,2 cm.

Subtra – was die eine Hand tut, zerstört die andere. Wühlerisch, wankelmütig. Er sah ein anstrengendes Leben vor diesem Enkel liegen, der seinen Segen brauchte wie kein anderer: *Mögen sich seine Hände aussöhnen. Rechter Eckpfosten am östlichen Dachrand im Viertelkreis von einem halben Meter. 35 Gramm, 3,2 cm.*

Bei *Suhurta* angelangt, war Pong wieder um die Eintragung verlegen. Ihr anmutiger Kopf beschrieb unentwegt eine propellerartige Kurve. Ob es die Einstimmung auf etwas war, was noch kam, oder ob sie mit dem Kopf die Gedanken eines großen Geistes, wie zum Beispiel er einer war, nachfuhr, wußte er nicht. Dafür sprach aber, daß, sobald sie näher an ihn herankam, die Propellerfahrt ihres Kopfes weitschweifiger und schneller wurde. Ein Segen für diese sonderbare Enkelin wollte ihm nicht einfallen. – *Eifrig, vielleicht elektrisch geladen. 33 Gramm, 3,1 cm.*

Loyser – akkurat, totenfingrig, still. Er lebe lang. Linker Eckpfosten östlicher Dachrand im Viertelkreis von einem halben Meter. 34 Gramm, 3,4 cm.

Loysel – schmal, durchsichtig, ehern ihre Nägel. Sie lebe lang. 29 Gramm, 3 cm.

Krask – starke Waden, schwaches Herz. Er lebe lang. Rechter Eckpfosten westlicher Dachrand im Viertelkreis von einem halben Meter. 36 Gramm, 3,3 cm.

Kraha – laut, wild, kräftig. Sie lebe lang. 35 Gramm, 3,1 cm.

Zosimo – die Herzenspflichten nimmt er genau, alle anderen nicht. Er lebe lang. Linker Eckpfosten westlicher Dachrand im Viertelkreis von einem halben Meter. 31 Gramm, 3,2 cm.

Zora – eine ausgeglichene Seele, heiter und manierlich. Sie lebe lang. 29 Gramm, 3,1 cm.

Olympiador – will und will wieder nicht zu Gott. Hat das Sterbekleid schon zurechtgelegt. Arzthörig, aufbrausend, schwach. Er finde Gott. Mittelpfosten östlicher Dachrand, Halbkreis von einem viertel Meter. 22 Gramm, 2,8 cm.

Olympia –

Er brauchte eine Pause. Ihm war kalt. Pong mußte sich die Schläfen reiben, um die Blutzirkulation in seinem Kopf anzuregen. Die vollendete Harmonie war leider noch nicht ausgebrochen, das merkte er am Wind. Mühsam stand er auf, wie nach langer Bettlägrigkeit, verrückte die Füße bei diesem Manöver um nicht einen Millimeter und griff leicht schwankend nach seinem chinesischen Mantel, einem Kaisermantel, der ihm bis zu den Knöcheln reichte. Außen blau, das Futter gemacht aus dem Fell einer seltenen Katze. Kaum hatte er ihn umgelegt, wurde ihm wärmer. Er spürte sein Herz. Elektrische Funken sprangen aus dem Fell und kitzelten ihn überall. Sich in den Mantel einzuknöpfen, verlangte große Fingerfertigkeit, unter dem Stehkragen verlief quer über die Brust bis unter den rechten Arm eine Reihe aus Stoffröllchen, die durch enge feste Schlaufen zu pressen waren. Kein kleines Kunststück für einen Kaiser ohne Diener, zumal er mit dem ungeübten Arm um seinen Vorderleib greifen mußte. Von seiner Familie war leider keine Hilfe zu bekommen. Evmarie lag ruhig da, die Decke hinter den Hals gestopft, ihre Hände darunter versteckt. Und die Kinder? Führten schon das eigene Leben, an den Eltern vollkommen vorbei.

Pong setzte sich. Und saß jetzt anders da: steif, zeremoniell, mumienhaft, die Hände in den langen Fellärmeln versteckt. Eine Zeitlang dachte er nicht mehr an seine Kinder, sondern an den Himmel. Wurde dabei leer, weil der Himmel ihn leersaugte. Alle Gedanken wurden ihm wie mit der Schnur aus dem Kopf gezogen. Von den Organen, auch solchen, die am Denken für gewöhnlich wenig beteiligt sind, lösten sich feinste Partikel und gelangten ins Freie. Wäre die Seide seines Mantels nicht so fest gewesen, hätten sich die Organe vollends verflüchtigt, und von Pong wären nur die Haut und seine Knochen geblieben. Dieser Zustand dauerte aber nur so lang, bis der Wind ihn zur Ordnung rief und alles mit Macht in ihn zurückschlüpfte.

Jetzt, da sich alles zu erfüllen schien, hätte er an seinen Körper gar nicht mehr denken dürfen. Es war aber das Gegenteil der Fall. Sein Körper brachte sich so laut in Erinnerung, daß er darüber die Nachkommen ganz verlor.

Er war wieder einmal der großen Zerlegungsarbeit ausgeliefert, wenn ihm nur bekannt gewesen wäre, wer oder was ihn da zerlegte und zu welchem Zweck, er hätte vielleicht noch ein Mittel dagegen gewußt. Mit einem bösen Fleiß ging es in ihm zu Werk, obwohl man erst bei den Vorarbeiten war. Sein Körper wurde auf dem Reißbrett in Planquadrate aufgeteilt, es wurden Rechenoperationen durchgeführt, des langen und breiten irgendwelche Formeln an ihm probiert, ohne Rücksicht auf die Lage seiner Knochen und Organe kreuz und quer Perforationslinien gezogen, Probebohrungen ausgeführt und was noch nicht alles; er hörte Zangengeräusche, Knipsgeräusche und das Rattern einer feinmechanischen Nadel. Wem er dabei als Versuchskaninchen diente, war leider unklar, offenbar hatte man einen Narren an ihm gefressen und gab ihn nicht so leicht wieder her, wenn man ihn je wieder herausgab, dann nur auf gut Glück. Und das Glück lief im Moment vor ihm davon, eine neue Gefahr drohte, er glaubte in seinen Knochen ihre allmähliche Verwandlung in Glas zu spüren; wollte er nicht zu Bruch gehen, würde er sich bald nur noch mit unendlicher Vorsicht rühren können. Unaufhörlich stieg eine böse Kugel aus seinem Magen empor, die nur mit Gewalt wieder herabgebracht werden konnte, zugleich fühlte sich der Magen kalt an. Und seine Seele war längst nicht mehr so geschmeidig im Verwandeln, Ausfahren und Bilderfangen, wie er es von ihr gewohnt war. Dafür kam sie ihm größer vor, mit wachsender Tendenz, allerdings war diese Vergrößerung vorläufig nur eine behauptete, es fehlte der Beweis. Den Beweis hätte allerdings ein Photograph erbringen können, der auf psychikone Aufnahmen spezialisiert war.

Pong mußte sich nicht lang fragen, woher auf einmal dieses Wachstum kam. Seine Seele hielt immer noch Verbindung mit den Seelen der Nachkommen, und wenn diese auch winzig waren, so waren sie doch zahlreich genug, um ein gehöriges Anwachsen der Vaterseele zu bewirken. Für eine Weile, er wußte aber nicht wie lange noch, würden seine große Seele und ihre vielen kleinen Seelen zusammen eine Seele bilden. Es wäre aber nur bei genügend langer

Posierzeit mit einem gelungenen Photo zu rechnen, und zwar wenn sie alle, ganz wie es Bertillon empfohlen hatte, die Nasen nicht zum Objektiv hinunterdrückten oder diese ungebührlich emporhöben, ein nicht gerade leichtes Unterfangen, wenn man an den Größenunterschied zwischen ihm, einem ausgewachsenen Mann, und seinen Miniaturnachfolgern dachte. Um das korrekt zu bewerkstelligen, waren komplizierte Sitzaufbauten vonnöten, alle Subjekte mußten rechtwinklig auf gleicher Augenhöhe sitzen, anstandshalber mit Hut, ihre Frisuren, so sich diese widerspenstig gebärdeten, hinten mit einem Band gehalten.

Mal angenommen, sie wäre gelungen, was bekäme man auf so einer Aufnahme zu sehen? Vor der Vaterstirn und den Kinderstirnen diffuse Flecken, untereinander durch neblige Schnüre verbunden, naturgemäß vor der Vaterstirn der imposanteste Fleck, nicht nur der Größe, sondern auch der Schönheit seiner Randzeichnung nach der Hauptfleck, schwärzlich wie bei einer Auster, die noch an ihrer Schale haftet.

Meine Traummädchen sind alle davongeflogen, eines nach dem anderen, notierte die Feder plötzlich aus eigenem Antrieb, worüber sich Pong wunderte, es beunruhigte ihn sogar, aber nicht genug, um nachzuschauen, ob sich Evmarie diesen Traummädchen vielleicht angeschlossen hatte. Die Augen hielt er immer noch zu, auch wenn es ihn anstrengte. Sonst hätte er vielleicht gemerkt, wie Evmarie damit anfing, ihn zu betrachten, zögernd und flüchtig zunächst, mehr und mehr aber mit einem Blick, der an ihm hängenblieb. Dieser Blick hielt natürlich keine strenge Musterung ab, aber es schien, als habe Evmarie ihren Gatten zum ersten Mal wirklich gesehen, vielleicht sogar in einem zweifelhaften Licht; noch hätte niemand, am wenigsten sie selbst, sagen können, was genau sie sah, aber unverkennbar machte sie sich Sorgen, winzige zwar, aber eben doch Sorgen, die sie dazu verleiteten, mehrere Male ganz sacht an seinem Ärmel zu zupfen, obschon diese Art, sich in Erinnerung zu bringen, nicht den geringsten Effekt hatte, da der Seidenstoff ungewöhnlich fest und das Fellfutter ungewöhnlich dick waren und Evmaries Finger sich nicht getrauten, in ihrem Griff bis zu Pongs Arm durchzudringen. Sie ließ auch gleich wieder davon ab.

Purzelbaum, o Purzelbaum, schrieb die Feder weiter, *alles schläft und ist doch wach und kriecht und hat den Marschbefehl bekommen.* Pong machte sich nun selber Sorgen um das eigenmächtige Vordringen der Feder in seinem Hirn, die ja eine unauslöschliche, von ihm nicht mehr zu beeinflussende Spur zog. Zugleich maß er den Worten, die er noch nicht verstand, eine eigentümliche Wahrheit bei, es kam ihm so vor, als wäre alles um ihn herum marschhaft gestimmt und er selbst das Ziel der Bewegung, die jetzt losbrach; unten an seinen Hosen-

beinen schien man in ihn hineinzuwollen, er fühlte raupenhafte Bewegungen von einiger Beharrlichkeit, ein fadenartiges Vorwärtskommen, offenbar war man auf seine Haut aus und kroch nun aufwärts die Beine hoch, schob sich aber auch in die Socken, um an seine Fußsohlen zu gelangen, beileibe nicht ein oder zwei harmlose Raupen, die sich da an ihm zu schaffen machten, o nein, eine Invasion unermeßlich vieler Wesen, die einander überkletternd sich in Wellen an ihn heranschoben, wobei seine Schuhe bereits in einem Hügel steckten, der von ihnen emporgebracht worden war.
Hat einer so einen Angriff schon einmal erlebt, wurde sinnreich in sein Hirn geritzt, Pong jedenfalls hatte einen solchen Angriff noch nicht erlebt, und das Schlimme daran war, daß er mit Rücksicht auf die Kinder nicht einfach aufstehen und weglaufen konnte. *Der Indianer kennt keinen Schmerz,* hieß es weiter, er mußte sich jetzt bewähren, durfte aus Liebe und Rücksicht zu den Kindern sich nicht rühren. *Großer biblischer Kummer,* schrieb die Feder, wohl wahr, großen biblischen Kummer empfand Pong, dicke Tiere, dünne Tiere schoben sich die Schenkel hoch, um ihn abzulenken, versuchte die Feder es mit albernen Versen *A und O vom Evangelio* wieviel einsame Entbehrungen hatte er auf sich genommen und jetzt *zum Lohn der Hohn* was für ein Elend was für eine *Ungerechtigkeit die zum Himmel schreit* und er mochte klagen so viel er

wollte *o weh es beißt mit Gottes Hilf der Bauer scheißt* es hörte ihn ja doch niemand warum ließ man ihn nicht in Frieden *in Frieden hienieden* oder begnügte sich wenigstens mit seiner Haut *es kaut die Braut am Sauerkraut* warum mußten alle Schwindler in ihn hinein *A A A was macht er da* wozu die *Faxen an seinen Haxen* warum mußte ihn am Gesäß der erbärmliche Kitzel fassen warum wollten allesamt da hinein mit ihrem Zwiebelsaft *weh weh weh der arme Cicisbee* wer war so frech und machte da herum *verzage nicht auf hohlen Wegen solang du kannst die Arme regen* es zwickte juckte klemmte ihn *drückt dich der Schuh mach alle Knöpfe zu* abwärts ging es mit ihm unrettbar abwärts *himmelab im Hundetrab* o heiliges Kanonenrohr, Lab! Es war Lab, der in ihn hineinkroch, jetzt erkannte er ihn, Lab, sein Liebling Lab, ausgerechnet der mußte ihm die Schmach antun, jetzt war es heraus, die Kinder waren es, Kinder und Kindeskinder, alle kletterten sie in ihn hinein, ruderten mit ihren Ärmchen in ihn hinein, kratzten, bissen, schlugen um sich, drängten in den Vater zurück, obwohl im Vater gar nicht der Platz war, sie alle aufzunehmen, und am meisten empörte ihn, daß keiner von diesen Banditen es für nötig befunden hatte, ihn vorher um Erlaubnis zu fragen, diese Kanaillen waren einfach auf Kommando losmarschiert und kitzelten ihn beim Hineinkriechen wie verrückt, tummelten sich als Darmpersonen in seinen Där-

men, als Magenpersonen in seinem Magen und waren vom scharfen Magensaft nicht totzukriegen, im Gegenteil, sie nährten sich in großen Schlucken davon, ihre Speerspitze war schon in seiner Speiseröhre angekommen, bald würden sie ihm den ganzen Hals verstopfen –
Auch dem liebsten Vater kann der Geduldsfaden reißen. Mit einem Ruck stand er auf und trampelte los, egal wen er da von seinen Nachkommen, die sich noch zu seinen Füßen tummelten, zermalmte und zerquetschte, möglichst viele, hoffte er, der Juckreiz war schier übermenschlich, er schüttelte sich, fluchte und war bemüht, sich durch den dicken Mantel am Hintern zu kratzen. Jammerschade, daß er keinen Gedanken mehr an Evmarie verschwendete, sie hatte alle Decken von sich geworfen, war aufgesprungen und lief jetzt hinter ihm her, wollte den Mantel zu fassen kriegen, als Pong von seinem Hintern abließ und eine Runde um Tisch und Stühle drehte, dabei die Arme ausbreitete und die Zeigefinger hob, sie langsam wie Propeller kreisen ließ, bis sie richtig in Fahrt kamen, er zum Rand des Daches lief und über das niedere Gitter sprang, mit schallendem Juchhe dem Mond entgegen.